幻の男

栄次郎江戸暦 26

小杉健治

時代小説
二見時代小説文庫

目次

幻の男——栄次郎江戸暦26

『幻の男――栄次郎江戸暦26』の主な登場人物

矢内栄次郎《やないえいじろう》……一橋治済《ひとつばしはるさだ》の庶子。三味線と共に市井《しせい》に生きんと望む、田宮流抜刀術の達人。

杵屋吉右衛門《きねやきちえもん》……栄次郎が三味線、浄瑠璃《じょうるり》、長唄を習っている師匠。

吉栄《きちえい》……栄次郎が師匠・杵屋吉右衛門よりもらった、三味線弾きとしての名取《なとり》名。

音吉《おときち》……杵屋吉右衛門の内弟子。博打に溺れ、一度は芸の道を捨てたが……。

冬二《ふゆじ》……浜町堀の高砂町、万兵衛店《まんべえだな》に住む錺《かざり》職人の男。

崎田孫兵衛《さきたまごべえ》……お秋を腹違いの妹と周囲を偽り囲っている、南町奉行所の筆頭与力。

お秋《あき》……矢内家の元女中。八丁堀与力・崎田孫兵衛の妾《めかけ》となり浅草黒船町に住む。

矢内栄之進《やないえいのしん》……矢内家の家督を継いだ栄次郎の兄。御徒目付《おかちめつけ》を務める御家人。

塚本源次郎《つかもとげんじろう》……船宿に立て篭もった賊が、奉行所に探し出せと要求した素性の判らぬ男。

芝田彦太郎《しばたひこたろう》……懸命に事件の探索に当たる南町奉行所、当番方与力。

清吉《せいきち》……入船町の材木問屋「木曽屋」の跡取り。店出入りの職人の娘おさきとは恋仲。

清助《せいすけ》……木曽屋の清吉の腹違いの弟。

稲村咲之進《いなむらさきのしん》……急死したとされた小普請組頭。生前の悪行が次々と明らかになる。

新八《しんぱち》……豪商や旗本を狙う盗人だったが、足を洗い栄次郎の兄・栄之進の密偵となる。

赤城弥三郎《あかぎやさぶろう》……塚本家の若党。譜代の家臣の子ながら主筋の源次郎とは兄弟のように育った。

第一章　人質

一

鳥越《とりごえ》神社の拝殿の脇で、矢内栄次郎《やないえいじろう》はひとを待っていた。夕暮れになり、いくぶん暑さも弱まった。

突然樹の上からけたたましくヒグラシが鳴き出した。うるさく感じたのは最初だけで、哀調を帯びた鳴き声に一抹の寂しさを感じた。夏が終わり、秋がやって来る。季節の移ろいを告げているようだ。

参拝客が何人も拝殿の前に立った。鈴が鳴り、柏手《かしわで》を打つ音が響く。栄次郎は鳥居のほうに目をやった。まだ、待ち人はやって来ない。

栄次郎の三味線《しゃみせん》の師匠杵屋吉右衛門《きねやきちえもん》の家はこの近くだが、音吉《おときち》には師匠の家の敷居が高いのだ。

音吉は吉右衛門師匠の内弟子だったが、一年前に突然師匠から破門を言い渡された。手慰《てなぐさ》みだった。

ところが先日、突然栄次郎の前に現れたのだ。

本郷《ほんごう》の屋敷を出て、湯島《ゆしま》の切通しを下ったときだった、湯島天神《てんじん》のほうからひとりの男が現れ、栄次郎の前に立った。

「吉栄《きちえい》さん。お久しぶりです」

吉栄というのは栄次郎の名取名《なとりな》だ。

「音吉さんじゃありませんか」

栄次郎は思わず声を高めた。一年振りに会う音吉はふくよかだった頬がこけ、窶《やつ》れが目立った。

「今まで、どこにいたのですか」

「へえ、上州《じょうしゅう》に」

「上州……」

思わず栄次郎は眉根を寄せた。どんな暮しをしてきたか、想像がついた。

「いつ江戸に？」

「半月前です」

「また、上州に帰るのですか」

「いえ、帰りません」

「そうですか、で、今はなにを？」

「日傭取《ひようと》りでなんとか暮しを」

「音吉さん、戻って来たらどうですか。師匠に詫びを入れて。私が仲立ちをします」

「許しちゃくれませんよ」

「心を入れ換え、元のように真面目に精進すると約束出来れば、だいじょうぶですよ。音吉さんだってほんとうは戻りたいんじゃありませんか。だから、江戸に出て来たのではないですか」

「…………」

「音吉さん。本気でやり直す気があるなら師匠にお願いしてみます」

栄次郎に会いに来たのはその気持ちがあるからだ。

「師匠は音吉さんを買っておられたんですよ」

「ありがてえ」

音吉は鼻をくすんとさせた。

「師匠の前で、最初からやり直すと約束してください。私といっしょに師匠に会いましょう」

「吉栄さん、すまねえ。このとおりだ。あっしもほんとうは戻りたいんだ」

「わかりました。いっしょに師匠のところに行きましょう」

「待ってくれ。いきなり顔を出すのは怖い。吉栄さんから師匠に話を通していただけませんか。許す、許さないではなく、その前に会ってくれるかどうかです。敷居を跨《また》いでいいか、それだけでもきいていただけませんか」

「敷居を跨がせないと言われたら、諦めるのですか」

「…………」

「音吉さんの本気の度合いがためされるんです。ほんとうに師匠のところに戻りたいのなら当たっていくのです」

「わかりました」

「では、明日の夕七つ（午後四時）に鳥越神社の拝殿脇で待っています。そこからいっしょに師匠の家に行きましょう」

「わかりました。吉栄さん、このとおりだ」

音吉は頭を下げた。

それから栄次郎は鳥越神社の近くにある師匠杵屋吉右衛門の家に向かった。

吉右衛門師匠は横山町《よこやまちょう》の薬種問屋の長男で、十八歳で大師匠に弟子入りをし、天賦《てんぷ》の才から二十四歳で大師匠の代稽古を勤めたひとである。

師匠の家に着くと、まだ他に弟子が来ていなかったので、栄次郎は稽古場の見台《けんだい》の前に座ると、さっそく切り出した。

「師匠、じつはさっき音吉さんと会いました」

「音吉……」

師匠は表情を変えなかった。

「師匠、音吉さんは半月前に江戸に戻って来たそうです。師匠に詫びを入れ、もう一度、やり直したいと」

「吉栄さん。あなたがそんなことに気を使う必要はありませんよ」

「でも、音吉さんは敷居が高く、顔を出せないんです。だから、私を頼ってきたのです」

栄次郎は音吉のために訴えた。

「ほんとうは長唄をやりたいんです。音吉さんには長唄しか……」

「音吉は長唄より博打《ばくち》を選んだのです。私は何度も言い聞かせた。博打から縁を切らねば芸は上達しないと。しかし、音吉は芸も博打もこなせると大見得《おおみえ》を切った。だが、実際には博打に夢中になり、芸は荒れ出した。だから、博打をやめない限り、弟子と認めないと強く出た。そのとき、音吉ははっきり言った。私は博打をとりますと」

「…………」

そんなことがあったのかと、栄次郎はため息をついた。

「音吉が内弟子になったのは十四歳のときからです。それから十年。腕も上げてきた。それが慢心につながった。私が芸で注意をすると、歯向かうようになってきた。その頃には博打を覚えていたらしい」

師匠は表情を曇らせたまま、

「音吉は博才があったようだ。それが不幸のもとだった。上州に行き、立派な博打打ちになってみせますと、啖呵《たんか》を切って出て行ったのだ」

師匠は息を深く大きく吸ってから一気に吐いた。

「おそらく、音吉は博打で負けることが多くなったんだ。博打の才に自信を失くしたのだ。長唄の場合もそうだった。あるところまで行き詰まった。それからの辛抱が出来ない。だから、博打に手を出したのだ。逃げだ。その性根が変わらない限り、だめだ。同じことの繰り返しだ」

　師匠は手厳しく言う。

「音吉さんはだいぶ窶れていました。苦労してきたに違いありません。今度は師匠の言葉が身に沁みて戻って来たに違いありません。どうか、会うだけ会ってやっていただけませんか」

「芸と博打を天秤《てんびん》に掛けた男だ。たかだか一年ぐらいで性根が変わるとは思えない」

「師匠のお怒りはもっともです。ですが、もう一度、立ち直りの機会を。師匠、お願いです」

「…………」

　師匠は苦い顔をしていたが、

「吉栄さんの熱意に負けた、会うだけは会いましょう。音吉に吉栄さんほどの熱い思いがあればいいのだが」

「ありがとうございます」

　栄次郎は礼を言い、

「明日の夕七つ過ぎに、音吉さんといっしょに参ります」

　栄次郎は安堵して言った。

ヒグラシの鳴き声はまだ続いている。夕七つを過ぎたが、まだ音吉はやって来ない。何かあったのか。

それとも今になって師匠に会うのに臆《おく》したか。まさか、師匠の言うように音吉の性根に問題があるのか。

さまざまなことが頭に過《よぎ》り、栄次郎は焦ってきた。

鳥居にひと影が現れた。すぐ落胆に変わった。職人ふうの男だった。拝殿の前に向かうと思いきや、栄次郎の前にやって来た。二十七、八歳ぐらいの細身で鼻筋の通った引き締まった顔付きの男だった。

「吉栄さんですかえ」

男は吉栄と呼んだ。

「そうです。ひょっとして。音吉さんの？」

栄次郎は確かめる。

「はい。あっしは同じ長屋に住む冬二《ふゆじ》と申します。音吉さんに頼まれてやって来ました」

「音吉さんに何かあったのですか」

「急用が出来て約束の場所に行けなくなった。そのことを吉栄さんに伝えてくれということでした」

「…………」

栄次郎はため息をついた。これでは師匠の心証が悪くなるだけだ。どんな急用かわからないが、せっかくの機会を逸しかねない。

「長屋はどこですか」

栄次郎はこれから会いに行くつもりだった。

「今夜は長屋に帰らないようです。では、失礼します」

「もし」

栄次郎は呼び止めた。

「長屋の場所を？」

「申し訳ありません。音吉さんから教えないようにと言われているんです」

「なんですって」

「いえ、これは決して吉栄さんを避けているという意味ではありません。音吉さんは吉栄さんに迷惑がかかるといけないからと」

「迷惑ですって」

栄次郎は首を横に振り、

「すみません。少し、音吉さんのことを教えていただけませんか」

と、頼んだ。

「申し訳ありません。あっしがべらべら喋《しゃべ》っていいものかどうか」

冬二は困惑した。

「音吉さんが一年前まで長唄の師匠のところに内弟子として入っていたことをご存じですか」

「長唄？　いえ、初耳です。ひと月前に音吉さんはあっしの隣りに引っ越して来たばかりですから、詳しい身の上は聞いていません」

「あることから破門になったのですが、もう一度やり直したいというので、いっしょに師匠のところに詫びに行くつもりだったんです」

「そうだったんですかえ。それなのに急用だなんて」

冬二は首を傾げた。

「お願いです。音吉さんにお伝えくださいませんか。明日の夕七つ、もう一度ここで音吉さんをお待ちしますと」

「わかりました。伝えます」

冬二は会釈をして引き上げた。

栄次郎は重たい気持ちで、師匠の家に行った。

師匠の家の戸を開けると、唄と三味線が聞こえた。師匠が自分の稽古をしているのだ。あれだけの芸に達しながらも毎日の稽古は欠かさない。

部屋に上がったとき、唄と三味線が止まった。

「吉栄さんですか」

隣りの部屋から、師匠の声がした。

「はい」

「こっちへ」

栄次郎は立ち上がり、

「失礼します」

と、師匠の前に腰を下ろした。

「師匠、申し訳ありません。音吉さんに急用が出来て……」

「来られなくなったというわけか」

師匠は冷笑を浮かべた。

「はい。申し訳ありません」

「吉栄さんが謝ることはありません」

「お願いです。明日、もう一度機会を」

「吉栄さん。急用とは便利な言葉です。本気で弟子に戻りたいのなら、きょうは何より大事なときではありませんか。その約束を反故《ほご》にするというのはよほどのことが出来《しゅったい》したか、それとも弟子に戻る気はもともとなかったということでしょう」

「よほどのことが出来したのに違いありません」

栄次郎は訴える。

「戻りたいという気持ちは嘘ではありません。明日、必ず音吉さんといっしょに参ります。どうか、お願いいたします」

栄次郎は頭を下げた。

「吉栄さん。なぜ、そんなに音吉のことを？」

「熱心に芸道に励んでいた姿を知っているからです。元の音吉さんに戻ってもらいたいのです」

「うむ」

師匠は哀れむように栄次郎を見て、

「無駄です」

と、切り捨てた。

「本気なら、何があろうがきょうの約束を違《たが》えるはずはありません。吉栄さんの頼みですが……」

「わかりました。音吉さんの本気の度合いを確かめて、改めてお願いにあがります」

「吉栄さん」

師匠は哀れむような目で、

「音吉はこの一年、おそらく満足な稽古をしていないに違いない。一年の空白は大きい。元の技量に戻るまで、空白期間の倍以上を要する。生半可《なまはんか》な気持ちでは立ち向かえない。もちろん、道楽としてやるならこのようなことは言わないが……」

音吉は本気で復帰を願っていると信じているが、師匠にはわかってもらえない。

「わかりました」

栄次郎は悄然《しょうぜん》と師匠の家を引き上げた。


翌日の夕七つ。栄次郎は鳥越神社の拝殿脇に立った。ヒグラシが鳴きだした。哀調を帯びた鳴き声が胸に迫った。

冬二から言伝《ことづ》てを聞いて、音吉はやって来る。栄次郎はそれを信じて、鳥居のほうに目をやっていた。

相変わらず、参拝客は多い。ふたり連れの女が鳥居をくぐったが、その後ろから男が現れた。

栄次郎はたちまち落胆に襲われた。冬二だったからだ。

冬二は栄次郎の前にやって来た。

「どうも」

冬二は気まずそうに挨拶をした。

「音吉さんはきょうも来られないのですか」

「それが、昨日出かけたきり、長屋に戻っていないのです」

「帰っていないのですか」

栄次郎は驚いてきき返す。

「へえ。今朝、家を覗いたんですが、帰った形跡はなく、今の今になってもまだ」

冬二は困惑した顔で言う。

「どこに行ったのかわからないのですか」

「何も聞いていません」

「長屋はどこですか」

「浜町堀《はまちょうぼり》の高砂町《たかさごちょう》、万兵衛店《まんべえだな》です」

「冬二さんはそこは長いのですか」

「あっしは半年です」

「音吉さんはひと月前に引っ越して来たということですね」

「そうです」

「音吉さんは自分のことを何か話していましたか」

「いえ、何も」

「音吉さんは夜、出かけていることはありましたか」

「ええ、明け方帰って来ることもありました」

「そうですか」

博打から抜け出せていないのかもしれないと、栄次郎はやりきれなくなった。

「では、あっしは」

「音吉さんが帰ったらお伝え願えますか。昼間なら私は浅草黒船町《あさくさくろふねちょう》のお秋《あき》というひとの家におります。私に用があったら、そこに私を訪ねてくださいと」

「浅草黒船町のお秋さんですね。畏《かしこ》まりました。必ず、伝えます」

冬二は引き上げて行った。

栄次郎も遅れて境内を出て、三味線堀の脇を通り、御徒町《おかちまち》を突っ切って湯島の切通しに向かった。

栄次郎は本郷の屋敷に久々に早く帰った。ようやく、辺りが暗くなってきた。自分の部屋に入り、音吉のことに思いを馳せていると、母の声がした。

「栄次郎、よろしいですか」

「はい、どうぞ」

母が入って来た。栄次郎は母と差向《さしむか》いになった。

「そなたの部屋のことですが」

母がいきなり口を開いた。

「栄之進《えいのしん》は今のままでいいと言っていますが、それでは狭すぎます。お美津《みつ》どのにも可哀そうです」

「はい。この部屋は明け渡すつもりです」

兄栄之進は書院番《しょいんばん》の大城清十郎《おおしろせいじゅうろう》の娘美津と縁組をすることになった。大身《たいしん》の旗本の娘が小禄の御徒目付《おかちめつけ》の家に嫁《とつ》いでくるのだ。

「いいえ、離れを造ることになりました。栄次郎にはそこに移ってもらいたいのです」

「はい」

部屋住《へやずみ》の栄次郎は兄嫁がここで住むようになったら、屋敷を出て行くつもりでいたが、兄や母は許さなかった。

「でも、離れで過ごすのも何かと不自由かもしれませんが、それほど長い期間ではありません。いずれ、いい養子先が決まりましょう」

母は栄次郎が屋敷を出るのは養子に行くときだとし、母は知り合いに声をかけて養子先を探しているのだ。

「母上、私はまだしばらくはこの屋敷で暮らしたいのです。ですから、離れで上等です」

「そうはいきません。死んだ父上もそなたの行く末を案じておりましょう。母の務めとして、栄次郎にはちゃんとした……」

母はふと思い出したように、

「じつは今、いいお話があるそうです。まだ、詳しいことは聞いていませんが」

「母上。その話は兄上の祝言《しゅうげん》が終わったあとに」

「そうでしたね。あら、栄之進が帰って来たようですね」

玄関のほうからの声に、母は腰を上げた。

「そろそろ、夕餉《ゆうげ》の支度も出来ましょう」

そう言って、母は部屋を出て行った。

兄の祝言が済めば、いよいよ矛先は自分に向けられる。栄次郎は気が重くなった。

二

翌日の夜、薬研堀《やげんぼり》にある料理屋『久《ひさ》もと』で、栄次郎は久しぶりに岩井文兵衛《いわいぶんべえ》と会っていた。

若い頃は鋭い顔付きだったが、文兵衛は年を取るに従い福々しい顔になっていた。亡くなった父が一橋《ひとつばし》家二代目治済《はるさだ》の近習番《きんじゆうばん》を務めていたとき、一橋家の用人をしていたのが文兵衛だった。

今は隠居の身だが、たかだか二百石の御家人である矢内家に何かと気を配ってくれており、栄次郎も御前《ごぜん》と呼んで親しくしている。文兵衛は粋人で、三味線弾きでもある栄次郎とは特に気が合った。

芸者の三味線で、文兵衛は端唄《はうた》を披露し、それから栄次郎の糸でも唄った。

頃合いを見計らい、

「御前、ちょっとお話が」

と、栄次郎は切り出した。

「なんだ、そんな真顔になって」

文兵衛は盃《さかずき》を空けてから、

「深刻な話のようだな。すまぬが座を外してもらおうか」

と、文兵衛は芸者に告げた。

「わかりました」

ふたりの芸者が出て行ってから、栄次郎は続けた。

「御前は旗本の織部平八郎《おりべへいはちろう》さまとお親しいのでしょうか」

「うむ。懇意にしている」

「じつは兄の許嫁《いいなずけ》のお美津さまは織部さまの息女お容《よう》どのと親しく、妹のように可愛がっているそうですね」

兄から聞いたのだ。

「うむ。わしもお容どのを知っているが、器量も気立てもよい素晴らしい娘御《むすめご》だ」

二千石の旗本織部平八郎の家は代々女系で、不思議と男子が生まれない。そこで、お容どのにも婿《むこ》をとることになっていると、兄は言っていた。

「ひょっとして、織部さまから御前に私のことで話が……」

「あった」

文兵衛は素直に認めた。

「織部さまは私の出生のことをご存じでいらっしゃいますか」

栄次郎は大御所《おおごしょ》治済の子である。治済がまだ一橋家当主だった頃に、旅芸人の女に産ませた子が栄次郎だった。そのとき、治済の近習番を務めていたのが矢内の父だ。栄次郎は矢内家に引き取られ、矢内栄次郎として育てられた。

「いや、そのようなことを当てにする男ではない。純粋に、そなたを見込んだということだ」

「では、私が三味線弾きの道を歩んでいることは？」

「話した」

「そうですか」

栄次郎は安堵した。

いずれ武士を捨てて、三味線弾きとして生きていきたいのだ。どこぞに養子に入るということは自分の夢を諦めるということだ。

「しかし、織部どのはそなたを婿にしたいようだ」

文兵衛は口にする。

「御前、私は婿に入るつもりはないとお伝えください」

栄次郎はきっぱりと言う。

「じつはそなたの母御からもぜひ勧めてくれと頼まれている」

「母は私には何も言っていませんが」

昨夜、母は織部平八郎のことは何も言っていなかった。母の耳にまだ入っていないのかと思っていたが、そうではなかったようだ。逆に言えば、母は織部家に婿に出すつもりになっているということかもしれない。

「母御なりにそなたにどう切り出すか悩んでいるのかもしれぬな」

「お容どのにも好きなひとがいるやもしれません。親の都合で婿を決められたら、お容どのにも迷惑でしょう」

「うむ」

文兵衛は苦しそうに唸った。

「御前。ともかく、この件はよしなに」

「まあ、栄之進どのの祝言が終わったあとのことだ。まだ、先の話だ。さあ、今度は栄次郎どのの糸で唄おう」

話を切り上げるように言い、文兵衛は手を叩いた。

襖が開いて、さっきの芸者たちが入って来た。


それから半刻（一時間）後、栄次郎と文兵衛は『久もと』の門を出た。

駕籠《かご》に乗った文兵衛を女将《おかみ》や芸者たちといっしょに見送ったあと、栄次郎は女将たちに別れを告げ、『久もと』をあとにした。

月影がさやかで、辺りは明るかった。昼間の残暑も嘘のように夜風は涼しい。元《もと》柳橋《やなぎばし》に差しかかったとき、背後に複数の足音が聞こえた。

栄次郎は振り返った。鎖帷子《くさりかたびら》・鎖鉢巻《はちまき》・籠手《こて》、臑当《すねあて》などをつけ、十手《じって》を持った同心が五人ほど大川端《おおかわばた》のほうに向かった。捕物出役《とりものしゅつやく》だ。検使《けんし》の与力もいっしょだった。

栄次郎はつられるようにあとを追った。

大川端の『船幸《ふなこう》』という船宿の前が騒然としていた。同心たちは船宿を取り囲んだだけで、何も出来ずにいる。

火事羽織に野袴《のばかま》、そして陣笠をかぶった与力が船宿の女将らしい女から事情を聞いている。

「何があったんですか」

栄次郎は遠巻きに見ている野次馬のひとりにきいた。

「賊《ぞく》が客を人質《ひとじち》に立て籠《こ》もっているんです」

職人は興奮して答える。

「周囲は取り囲まれている。おとなしく出て来い」

同心のひとりが二階に向かって叫んだ。その間に小者がふたり、土間に入って行った。

「今出て来たら、お咎《とが》めはない」

同心は大声で訴え、賊の気を逸らすつもりなのだろうが、やがて、階段を転げ落ちるような大きな音がした。

腕を斬られた小者《こもの》が朋輩《ほうばい》に肩を抱き抱えられて出て来た。

「裏口にも見張りが……。浪人もいます。正確な人数はわかりません」

小者が報告する。

二階の障子が開いた。月明かりに、頭巾《ずきん》をかぶった遊び人ふうの男と匕首《あいくち》を首に突き付けられた若い女の顔が映し出された。

「妙な真似をしたら人質を殺す」

男が怒鳴った。きゃあと、女の悲鳴が上がった。

「よせ。何が望みだ」

同心があわてて叫ぶ。

「いいか。今から言うことをよく聞け。塚本源次郎《つかもとげんじろう》という男を連れて来い」

「塚本源次郎とは何者だ？」

「歳《とし》は二十八。細身の苦《にが》み走った顔の男だ。わかっているのはそれだけだ」

「細身の苦み走った顔の男はたくさんいる。他に特徴は？」

「わからん」

「どこにいる？」

「わからねえ。江戸のどこかにいるはずだ」

「それでは探せぬ」

「探すんだ。それまで人質は返さねえ。それから、俺たちが逃げるための船を用意しておけ。人質も乗れる大きな屋根船だ」

「待て」

障子が閉まった。

塚本源次郎とは何者か。

小者が梯子《はしご》を持って来た。

「よし、二階の窓から飛び込むのだ」

年嵩《としかさ》の同心が若い同心に命じる。

「はっ」

そのやりとりが耳に入ったが、栄次郎は無駄だと思った。これほどのことをする連中だ。梯子を使って窓から入り込もうとすることなどとっくに予期しているはずだ。

他人が困っているのを見捨てておけず、すぐに手を貸すほどのお節介焼きだといわれている栄次郎も、奉行所の役人のやることには口出し出来なかった。

相手が何人で、どういう連中か。人質も何人いるのか。船宿の者から聞き出したのか。栄次郎がやきもきしながら成り行きを見守っていると、小者が屋根に梯子をかけた。

先に小者が梯子を駆け上がった。続いて、同心も屋根に上《のぼ》った。

小者が窓に近付いた。いきなり障子が開き、頭巾をした浪人が小者に向かって剣を突き出した。

肩を刺され、小者は屋根から転がり落ちた。同心は不安定な屋根に立っているだけで精一杯だった。

「下りろ。さもなければ」

浪人は手にしていた煙草《たばこ》入れを同心に向かって投げた。それを避けた同心は体勢を崩して屋根からすべり落ちた。

栄次郎は見ていられなかった。

浪人に代わってさっきの男が顔を出し、

「妙な真似をしたら人質を殺すと言ったはずだ」

と言い、三十半ばぐらいの男を窓際に引っ張って来た。

「よく見てろ」

次の瞬間、頭巾の男が人質の男の喉《のど》を掻き切った。激しい男の悲鳴とともに、血がほとばしった。

窓から男が突き落とされて屋根伝いに転がって地に落ちた。

「しっかりしろ」

同心が駆け寄って叫ぶ。しかし、立ち上がって首を振った。

なんと残酷な奴だと、栄次郎は唇を噛みしめた。

また、障子が開いた。

「これから、仲間が大戸を閉めに行く。土間にいる連中を外に出せ。仲間に手を出したらまた人質を殺す」

「私は南町与力の芝田彦太郎《しばたひこたろう》だ。そなたが、頭《かしら》か」

陣笠をかぶった与力が声を張り上げてきいた。

「話し合うつもりはない。塚本源次郎を探し出せばいい」

「おまえは何者だ」

「土間からひとをどけろ」

すでに男は障子を閉めていた。

やがて、奉公人らしい男が土間に出て来た。その脇腹に頭巾をかぶった大柄な男が匕首を突き付けていた。

奉公人が大戸を閉めて行く。同心たちは何も手出しが出来ないでいる。最後に潜り戸を閉め、奉公人も戻って行った。

我慢出来ずに、栄次郎は芝田彦太郎と名乗った与力のそばに行った。

「恐れ入ります。私は年番方《ねんばんがた》の崎田孫兵衛《さきたまごべえ》さまと懇意にしている矢内栄次郎と申します」

「崎田さま?」

「はい。何もしなければ人質には手を出さないかと思います。人質の人数や内訳、賊の人数などはわかっているのですか」

栄次郎は構わず本題に入った。

「人質は十二人だ」

「内訳は？」

「それはまだだ」

「まず、それを知ることが先決かと思います」

「うむ」

「船宿の女将から話を聞きたいのですが」

「よし。女将をわしのところに」

そばにいた同心に女将を呼んで来るように命じた。

崎田孫兵衛の効き目はてきめんだった。

ふっくらとして色白の女将がやって来た。

「向こうに」

彦太郎は賊の目に入らない場所に移動した。

「女将、人質の内訳を教えてくれ」

「お客さまが七人に芸者がふたり、それにうちの者が三人です」

「七人はどういうひとたちですか」

栄次郎はきいた。

「米沢町《よねざわちょう》の薬種問屋の旦那と連れのおふたり、それからときたまお見えになる商人ふうの三十半ばぐらいの男のひとがふたり。さっき、殺されたのはそのおひとりです」

女将は声を詰まらせたが、

「あとは清吉《せいきち》さんとおさきさんという若い男女です」

と、続けた。

「清吉さんとおさきさんも何度かは来ているのですね」

「はい」

「芸者は薬種問屋の旦那の部屋に？」

「そうです」

「賊は何人でしょうか」

「五人です。頭巾をかぶったひとたちがいきなり土間に入って来て、ばたばたと二階に駆け上がって行きました」

「そのうち浪人は？」

「三人です」

「五人で、十二人の人質をとっているのですね」

「浪人が三人いますから可能でしょう」

彦太郎は言ったあとで、

「賊は人質のひとりを殺している。いや、もう少し殺しているかもしれぬ」

と、憤然とした。

「賊が口にした塚本源次郎とは何者でしょうか。女将さんは心当たりはありませんか」

「いえ、ありません」

「狙いが塚本源次郎だとしても、『船幸』を選んだのはなぜでしょうか」

栄次郎は疑問を呈した。

「船だ。人質をいっしょに連れて行くつもりなのだ」

「船で逃げるのは塚本源次郎が見つかってからでしょうね。でも、塚本源次郎がそんなに簡単に見つかるとは思えません。賊はどう考えているのでしょうか。今夜一晩明かすつもりでいるのでしょうか」

「ともかく、いったん奉行所に戻り、塚本源次郎について調べてみる」

彦太郎が言ったとき、同心が駆け寄って来た。

「あれから何も言ってきません。中は静かです。また、今度は別の部屋の窓から侵入を試みてはいかがでしょうか」

「いや、賊は用意周到だ。そっちも当然手当てしているはずだ。これ以上、怪我人を出したくない」

「でも、このまま夜を明かすことに」

「侵入するとしたら明け方だ。交替で寝るかもしれぬが、見張りも手薄になる」

栄次郎はふとあること気づき、

「女将さん。裏庭はどうなっているのですか」

「裏口には同心が控えている」

彦太郎が言う。

「庭伝いに隣りの船宿の庭に出られませんか」

「塀を乗り越えなければなりませんが」

「芝田さま。もう一度、賊に呼びかけていただけませんか」

「賊に？」

「なんでもいいんです。塚本源次郎のことでも」

「わかった」

栄次郎は彦太郎とともに『船幸』の前に立った。

「南町与力の芝田だ、塚本源次郎のことで話がある。顔を出してくれ」

彦太郎が呼びかけた。

しかし、返事がない。

「おい、聞こえたら顔を出してくれ」

二階の窓が開く気配もなければ、静かなままだ。が、微《かす》かに物音がした、何かを叩くような音だ。

「芝田さま。妙です。壁を蹴っている。栄次郎はそんな気がした。

栄次郎は頼み、梯子が掛けられると、軽快に上って屋根の上に出た。そして、窓のてすりに手をかけ、小柄《こづか》を取り出して雨戸の下に当てて外した。

障子を開け、栄次郎は手すりを乗り越えて部屋に入った。真っ暗な部屋にひとの気配がした。続けて、同心も入って来た。

「これは」

同心が声を上げた。

男が手足を縛られ、猿ぐつわを嚙まされて転がされていた。同心が行灯に火を点けた。仄かな明かりに何人もの人質が同じように縛られて倒れていた。

あとから入って来た小者が潜り戸を開けに階下に行った。

栄次郎は部屋の中を見回した。すると、柱に置き文が貼ってあった。

人質三人を預かった。塚本源次郎の行方を摑んだら人質を返すという文面だった。

背後に彦太郎がやって来た。

「こんなものを」

彦太郎は置き文をはがし、

「行方を摑んだらどこに知らせろとは書いていない」

と、ため息をついた。

無事だった人質は薬種問屋の旦那とその連れに芸者。そして船宿の奉公人だった。連れて行かれたのは商人ふうの男ひとりと若い男女の三人だった。

「殺されたのは窓から突き落とされた男だけですか」

栄次郎は確かめる。

「そうです」

薬種問屋の主人がやっと口にした。

「なぜ、あの男が選ばれたのかわかりますか」

「いえ、いきなりあの男を連れて行きました。あのひとは睨んでいたので、賊もかっとなったのかも」

「ひとりも犠牲を出したくなかった……」

彦太郎は呻くように言った。

「賊が塚本源次郎をふつか以内に探し出せと伝えろと」

「なに、ふつか以内だと」

「はい、それまでに見つからなければ人質をひとり殺すそうです」

「ちくしょう」

彦太郎は悔しそうに唇を噛んだ。

「船は我らを欺くために用意させたのです。賊は隣りとの塀を乗り越えて隣りの家の庭から逃走したんです」

「見かけた者がいるかもしれぬ」

彦太郎は同心や小者を聞き込みに走らせた。

栄次郎はあとは彦太郎たちに任せ、夜道を本郷の屋敷に急いだ。

三

翌朝、栄次郎はいつものように庭に出て、物置小屋の近くにある柳《やなぎ》の木を相手に素振りをした。三味線弾きを目指してはいるが、田宮流抜刀術《たみやりゅうばっとうじゅつ》の達人である栄次郎は毎日の鍛錬を欠かさなかった。

居合腰から抜刀し、小枝の寸前で切っ先を止め、鞘《さや》に納める。それを何度も繰り返す。半時（一時間）ほど、汗を流して切り上げた。

それから兄の栄之進とともに朝餉を食べる。母がいるので、めったな話は出来ず、黙々と食事を済ました。

その後、栄次郎は兄の部屋に行った。

「兄上。よろしいでしょうか」

「入れ」

「失礼します」

栄次郎は襖《ふすま》を開けて中に入る。

兄と対座して、栄次郎は切り出した。

「昨夜、御前さまと会ってきました」

「どうであった？」

「どうも、御前はあの話に乗り気のようでした」

「お容どののことか」

「はい」

「そなたの気持ちを一番わかっているお方が乗り気というのはどうしたことか」

兄は含み笑いをし、

「御前も、栄次郎にとって一番いいと考えているということだ」

「兄上。私にはよくありません。それにお容どのにしたって好きなひとがいるかもしれません。その仲を裂くような真似などしたくありません」

「その心配はないようだ」

「えっ？」

「お美津どのがお容どのに確かめた。好きな男はいないそうだ」

「好きな男がいないとしても、お容どのが私のことを好まないかもしれません」

「いや。お容どのはそなたのことを気に入っているらしい」

「会ったこともないのにですか」

栄次郎は呆れたように言う。

「そなたを見たことはあるそうだ」

「まさか」

「ほんとうだ。先月、そなたは市村座《いちむらざ》に出たそうだな」

「はい」

歌舞伎《かぶき》役者の羽村市之丞《はむらいちのじよう》の踊りの地方《じかた》で、栄次郎は師匠の杵屋吉右衛門とともに三味線を弾いたのだ。

「待ってください。お容どのが市村座に？」

「女中といっしょに観に行ったそうだ」

「…………」

「お容どのはそなたが三味線を弾いていることを知っているのだ。なんだかいじらしいではないか」

「兄上は私の味方だったはず」

「当たり前だ。わしは栄次郎の味方だ」

「だったら、私が織部家に婿に入るなど、とうてい受け入れられないと……」

栄次郎の兄弟子で、坂本東次郎《さかもととうじろう》という旗本の次男がいた。名取で杵屋吉次郎《きちじろう》という名をもらっている。その東次郎は兄の急死により、急遽《きゆうきよ》家を継ぐことになった。当主になった今はほとんど稽古にも来られなくなった。

いくら、織部家が栄次郎の三味線に対するこだわりに寛大でも、織部家の当主になれば三味線どころでなくなるのは東次郎の例をとっても明らかだ。

婿に入ることは三味線を諦めることと同じだと、栄次郎は兄に訴えた。

「わかっている」

兄は栄次郎の言葉に深く頷《うなず》いてから、

「わかっているから困っているのだ」

と、渋い顔をした。

「どうか、この話はなかったことに。お美津どのにもよしなに」

「そうよな」

「ひょっとして、兄上はお美津どのに言われるままに……」

「いや、そうではない」

「でも、兄上のお言葉は今までと少し違います。やはり、兄上はお美津どのに感化されているのではありませんか」

「…………」

兄は苦しそうに押し黙った。

「栄次郎。お美津どのにそなたの気持ちはよく話しておく。それに、今すぐどうのこうのということではない。わしの祝言が終わってからのことだ」

兄は弁明するように言う。

「わかりました。すみません、つい激して」

栄次郎は兄に謝った。

「いや。それより、昨夜遅かったな。御前さまとそんなに遅くまで？」

兄は話題を変えた。

「いえ、じつは帰りがけに船宿の立て籠もりに巻き込まれまして」

実際は巻き込まれたのではなく、望んで渦中に飛び込んだのだが、栄次郎はそのことを語った。

「人質をとった賊の要求が妙なもので、塚本源次郎という男を探し出せというのです」

「塚本源次郎……」

兄が首を傾《かし》げた。

「ご存じなのですか」

「いや。ただ、聞いたことがあると思ったが、似たような名前はあるからな」

兄は言ってから、

「賊の狙いは奉行所に塚本源次郎を探させることなのか」

と、きいた。

「そうだと思います。自分たちでは探し出せないので奉行所を利用しているように思えますが、なぜそこまでして……」

「賊の要求はそれだけか」

「そうです」

「確かに、賊の動きは妙だな。塚本源次郎を探させるために人質をとって立て籠もるとは尋常ではない」

「船を用意させ、船で逃げると見せかけて隣家の庭に入って逃げるなど最初から計算尽くされていました。きっとそこには明確な狙いがあると思うのですが」

「そうだろうか。偽装ではないか。ほんとうの狙いは別にあるのでは」

兄は鋭く言う。

「別の狙い？」

「そうだ。ほんとうの狙いはある人物を人質にとること」

「真の狙いを隠すための偽装ですか」

賊は人質を三人連れて逃げた。ほんとうの狙いはその三人のうちの誰か……。

そう考えたほうが腑《ふ》に落ちる。

それにしても、賊は五人だけで三人の人質をどこに連れて行ったのだろうか。いや、五人で三人を見張れるのか。

もしや、賊は五人以外にも……。与力の芝田彦太郎にこのことを告げておかねばならないと、栄次郎は思った。


栄次郎は本郷の屋敷を出ると、湯島の切通しから下谷広小路《したやひろこうじ》を突っ切って、御徒町を抜けて元鳥越町にある杵屋吉右衛門の家に赴《おもむ》き、三味線の稽古を受けてから浅草黒船町にあるお秋の家に行った。

お秋は昔矢内家に女中奉公していた女である。母は栄次郎が三味線に現《うつつ》を抜かすことを許さないので、やむなくお秋の家の二階一部屋を三味線の稽古用に借りている。

栄次郎が二階の部屋で三味線を弾いていると、お秋がやって来て襖を開けた。

「栄次郎さん。下に南町与力の芝田彦太郎さまがお見えです」

「芝田さまが?」

栄次郎は三味線を片づけ、階下に行った。

昨夜会った彦太郎が待っていた。

「こちらに来れば矢内どのにお会い出来ると崎田さまにお聞きした。昨夜の件で、相談に乗ってもらいたい」

「でも、どうして私に？」

「崎田さまから矢内どのの力を借りるようにと勧められたのです」

「崎田さまが？」

「矢内どのはこれまでにも何度も探索に手を貸してくださっているとのこと。崎田さまは身内も同然だからと」

「わかりました。どうぞ、お上がりください」

「失礼する」

腰から刀を外し、彦太郎は階段を上がった。

二階の部屋で差向いになった。

お秋が茶をいれてもって来た。

「恐縮です。兄上さまにはお世話になっております」

彦太郎は頭を下げる。

「いいえ」

お秋は曖昧な笑みを漏らして部屋を出て行った。南町与力の崎田孫兵衛の腹違いの妹ということにしているが、実際は妾《めかけ》だった。

「昨夜のことで何かわかりましたか」

「人質だった薬種問屋の主人の話では、芸者を入れて五人で楽しんでいるところにいきなり障子を開けて頭巾の賊が入って来た。刀を突き付けられ、あっと言う間に縛られ、猿ぐつわを嚙まされたということだ。それから見張りを残して他の部屋に行ったようだったと」

彦太郎は続ける。

「その間、賊はあまり口もきかなかったそうだ。統制がとれていたということだ。連れて行かれた人質三人の身を案じていた」

栄次郎は頷きながら黙って聞いていた。

「隣家との境の塀に大きな穴が開いていた。賊はそこを抜けて隣家の庭に入り、裏口から出て行った。隣家は同じ船宿だ」

「隣家の裏口からどこをどう逃げたのかわかりましたか」

「浜町の武家地にある辻番所の番人が、数人の男たちが新大橋《しんおおはし》を渡って行くのを見ていた。おそらく、ばらばらになって通って行ったのだろう」

「賊は五人です。人質の三人を連れてよく逃げられましたね」

栄次郎は疑問を呈した。

五人で三人を見張って歩けるだろうか。それぞれが人質を刃物で脅しながら新大橋《しんおおはし》を渡って深川《ふかがわ》まで歩くにはかなりの道程だ。人質のひとりでも辻番所の近くで騒いだら……。

あの賊がそんな危険な真似をするだろうか。

「三人の人質の身許《みもと》はまだわからないのですね」

「まだだ。若い男女は清吉とおさきだが、どこの者かまだわからない。身内が帰らないという訴えがない限り、身許はつかめない。だが、これからだ。一日経っても帰らなければ訴えてくるはずだ」

「賊が『船幸』に押し入ったのはなぜなんでしょうか」

「わからぬ。女将は賊に心当たりはないと言っている。もしかしたら、以前に客で来たことがあったかもしれないが、賊は頭巾をかぶっていて顔をはっきり見ていないので、そうだったとしてもわからない」

彦太郎は顔をしかめた。

「わしからは以上だ。矢内どののほうで何か気づいたことがあれば教えていただきたい」

「あくまでも推測に過ぎませんが」

栄次郎はそう前置きして、

「賊の狙いが何かです」

と、切り出す。

「塚本源次郎を探し出せとは、まったく雲を摑むような妙な要求です。それに、見つけ出したらどうするかという指示もありませんでした」

「うむ」

「狙いは別にあったのではないでしょうか」

「別とは？」

「賊は昨日の『船幸』の客の中にかどわかしたい人物がいたのではないでしょうか。だから、『船幸』に押し入ったのです」

「…………」

「つまり、賊はその者だけが狙いだった」

「誰だ、それは？」

「前もって『船幸』に目をつけていたようです。目的の人物がときたま『船幸』にやって来ているからです。殺されたのは商人ふうの男ですね。無傷で人質にとられたのは清吉とおさきという若い男女です。賊の狙いはこのふたりのいずれか、もしくはふたり……」

栄次郎は続ける。

「このふたりの実家に脅迫をかけて金を奪う狙いということも考えられなくはないと」

「なるほど」

彦太郎は考え込む。

「ただ、それでは腑に落ちないことがあります」

すかさず栄次郎が言う。

「それは？」

「ふたりをかどわかすためだけなら、『船幸』の帰りを待ち伏せて襲えばいい。なぜ、あのような大仰《おおぎょう》な振る舞いに出たのか」

栄次郎はため息をつき、

「そのことを考えると、やはり賊の狙いは塚本源次郎を探させることになるのですが」

「わしもそう思う。あえて我らに名を出したのだ。ほんとうに塚本源次郎を探させようとしているのだと」

彦太郎は厳しい声で続けた。

「清吉とおさきのことも頭に入れておこう」

「もし、そうならふたりの実家に賊の仲間が話し合いに近づくはずです」

「実家を張っていれば、仲間が現れるかもしれぬな」

彦太郎は厳しい表情で言う。

「そういえば、商人ふうの三十半ばの男も人質に連れて行ったわけですが」

栄次郎は考えながら口にする。

「塚本源次郎が見つからなかったら、人質を殺すと言っています。真の狙いが清吉とおさきだとしたら、このふたりは殺せません。殺すのはその男しかいません」

と、口にする。

「脅しのために、その男を殺すかもしれぬな」

「はい。それから、何の証《あかし》もなく、これも想像ですが、五人で立て籠もった賊はかなり落ち着いていました。やはり五人だけで三人の人質を連れて逃げて行くのは容易なことではないように思えます。それに、隠れ家に閉じ込めておくにしても、五人では手が足りないように思えるのです」

「どういうことだ？」

彦太郎は目を見張ってきく。

「ひょっとして、外に仲間が控えていた可能性があるのではないかと」

「仲間が？」

「はい、賊は五人だけではありません。少なくともふたり、いや三人ぐらいが外で待機していたのではないでしょうか」

「賊が八人ぐらいで統制がとれているとなると、押込みの一味か」

「はい。これまでの片《かた》がついていない押込みを調べてみるのも手かもしれません」

「うむ」

「押込み一味だとすると……」

栄次郎はこめかみに手を当てて、

「もしかしたら」

と、呟いた。

「塚本源次郎ですが、念のために小伝馬町《こでんまちょう》の牢屋敷にいるかどうかを確かめてみたらいかがでしょうか」

「なに、小伝馬町の牢屋敷だと」

「はい。捕まった男を助け出そうとしたのかもしれません」

「………」

「ただ、自分で言っていてなんですが、これは可能性が低いかもしれません」

「なぜだ？」

「もし、そうだとしたら賊は牢屋敷にいる塚本源次郎を連れ出せとはっきり言ったはずです」

「そうだな。いちおう、念のために調べておこう」

「はい」

「なるほど。さすが、崎田さまがべた褒めするだけのことはある」

彦太郎は感嘆して言い、

「今聞いたことをすべて探索に関わる同心に伝えおく。邪魔をした」

と、すっくと立ち上がった。

「芝田さま」

栄次郎は呼び止めた。

「何か」

「実際の探索は同心のお役目なのですね」

「そうだ。だが、わしは同心たちから報告を受ける」

「わかりました。何かあれば芝田さまのところにお伺いします」

栄次郎は彦太郎が引き上げたあと、窓辺に立った。

すぐ目の前に大川が望め、下流のほうに御厩河岸《おうまやがし》の渡し場があり、対岸の本所《ほんじょ》側と渡し船が行き来をしている。

昨夜の賊はほんとうに新大橋を渡って行ったのか。人質の清吉とおさきを連れて橋を歩いて渡ったのか。

どこかに船を用意していたのではないか。用意周到な賊のことだ。船で逃げたのだ。

栄次郎はまたも賊の狙いについて考えた。塚本源次郎を探すことだけでなく、清吉かおさきの実家から身代金を奪う企《たくら》みではないのか。

塚本源次郎を探すことにどんな意味はあるのか。栄次郎は山道で道に迷ったような混迷に陥《おちい》っていた。

窓から離れようとしたとき、音吉らしい男が家の前に立っているのに気づいた。栄次郎はすぐに階下に行った。

戸口に、音吉が立っていた。

四

音吉はきまり悪そうに栄次郎の前で畏まった。落ち着かぬげに、腕をさすったり、顔に手を当てたりしている。

「音吉さん。何があったんですか」

栄次郎は口を開いた。

「へえ、申し訳ありません。吉栄さんの顔を潰《つぶ》してしまいました。さぞかし、師匠も怒っているでしょうね」

「師匠は音吉さんに本気でやり直す気があるかどうか、それを気にしているのです。急用が出来たからと言って約束を反故にするようでは心もとないと」

「…………」

「でも、ほんとうに差し迫った用事が出来ることもあります。音吉さん、いったい何があったのですか」

「へえ。そいつは……」

「まさか、手慰みじゃないでしょうね」

「違います」

音吉は顔を上げて否定した。

「音吉さん。止むを得ぬ理由があれば、師匠も納得してくれます。急用が何か、話していただけませんか」

「すまねえ。無理なんだ」

「無理……。何か話せないわけがあるんですね」

「吉栄さん。あっしはほんとうにばかだった。今になって、過ちに気づいた。あっしは本気でもう一度師匠のところでやり直したい。この気持ちはほんとうだ。信じてくれ」

「信じます」

「でも、今はだめなんだ」

音吉は苦しそうに言う。

「何がだめなんですか」

「ちょっと仕事が。でも、それが終われば、あっしは自由の身に……」

「自由の身ですって。音吉さんは何かに縛られているのですか。まさか、博打で？

どうなんですか」

　栄次郎は問いつめるようにきいた。

「無事に済みますので。そしたら、改めて吉栄さんにお願いにあがります。きょうはこれで」

　音吉は腰を上げた。

「えっ、もう帰るのですか」

「すみません。あっ」

　音吉は三味線に気づいた。

「吉栄さんはここで三味線の稽古をしていたんですね」

「ええ、屋敷では出来ないので。そうだ、せっかくだから、唄ってみませんか。糸を弾きますから」

「そうですね」

　一瞬、音吉は心が動いたようだが、

「やはり、もう行かないと。今度来たとき、お願いします」

と、残念そうに言った。

　無理に引き止めるわけにはいかなかった。栄次郎は階下にいっしょに行き、音吉を見送った。

二階に戻ろうとしたとき、お秋が声をかけた。

「栄次郎さん、今夜、旦那が来るわ」

「そうですか。では、ご挨拶をしてから帰ります」

栄次郎は部屋に戻って三味線を弾いた。

気がついたとき、行灯《あんどん》に明かりが灯っていた。窓の外は暗くなっている。夢中で三味線を弾いていたのだ。

襖の外でお秋の声がした。

「栄次郎さん、旦那がお見えよ」

「わかりました」

栄次郎は三味線を片づけ、階下に行った。

居間の長火鉢の前で、崎田孫兵衛が浴衣《ゆかた》姿でくつろいでいた。

「栄次郎どの」

孫兵衛は目を細めて言う。

「昨夜はごくろうであった。そなたの働き、芝田彦太郎から聞いた」

孫兵衛は南町の年番方与力で、与力の中の筆頭である。が、鼻の下を伸ばした顔には威厳はない。

「それより、勝手に崎田さまの名を出してしゃしゃり出てしまい、申し訳ありませんでした」

「いや、そなたがいてくれて助かった」

「昼間、芝田さまがここにお見えになりました」

「うむ。栄次郎どのの手を借りるようにとこの家を教えたのだ。すまぬが手を貸してもらいたい」

「はい」

「それにしても、妙な立て籠もりだ」

孫兵衛は顔をしかめ、

「塚本源次郎など探しようもない」

と、吐き捨てる。

「そうですね。それより、まだ人質の身許はわからないのですか」

「わしが引き上げるまでにはその知らせはなかった。だが、そろそろ丸一日経とうとしている。帰らないのを不審に思い、騒ぎ出すはずだ」

「ええ、家人が騒ぎ出すはずですよね。いや、そうか」

栄次郎ははっとした。

「どうした？」

「清吉とおさきの実家に身代金を要求する狙いだったとしたら……」

すでに賊は実家に身代金の要求をしているのではないか。

「どういうことだ？」

「賊の狙いはふたつです。そのうちのひとつが身代金を手に入れること」

栄次郎は芝田彦太郎にも語ったことを話してから、

「もしそうだとしたら、賊は実家にすでに身代金を要求しているのではないでしょうか」

「うむ」

孫兵衛は厳しい顔になった。

「そのとき、奉行所に言うと人質の命はないと脅しをかけていたら。まさか」

栄次郎はいきなり立ち上がった。また気づいたことがあった。

「これから薬研堀の『船幸』に行ってみます。清吉とおさきというのが実の名かどうか。崎田さま。崎田さまの名を使わせていただいてもよろしいでしょうか」

「構わぬ」

「では」

「栄次郎さん、夕餉を食べて行きなさいな」

お秋が声をかける。

「そうですね。では、湯漬けにしてくださいますか」

栄次郎は再び腰を下ろした。


それから半刻（一時間）後、栄次郎は『船幸』にやって来た。昨夜の騒ぎで、きょうは店を閉めていた。

潜り戸を叩くと、手代らしい男が戸を開けた。

「矢内栄次郎と申します。女将さんにお会いしたいのですが」

「どうぞ」

手代は中に入れてくれた。

土間で待っていると、女将がやって来た。

「昨夜の……」

「はい。ちょっと教えていただきたいのですが、人質の家族から何か連絡があったでしょうか」

「いえ、まだないようです」

「人質の若い男女は清吉とおさきという名だと仰《おつしや》いましたが、その名はふたりが自ら名乗ったのですか」

「そう呼び合っているのを聞いたのです」

「そうでしたか。で、ふたりはときたまここに？」

「はい。三か月ほど前から半月ごとに」

「では、五、六回は来ているのですね」

「そうです」

「近くから来ているのでしょうか」

「そうではないようです。来るときは歩いて来ますが、帰りはいつも船に乗りますので」

「どこまで？」

「仙台堀《せんだいぼり》の亀久橋《かめひさばし》の近くで下ろしています」

「亀久橋の近くですか」

その先は木場《きば》だ。材木問屋が並んでいる。

狙いは材木問屋か。清吉とおさき、いずれかが材木問屋の身内か。

「若いふたりはどうしてここまでやって来るのでしょうか。忍んで会っているのでしょうか」

「そうだと思います」

「奉行所のひとに、この話は？」

「いえ、話していません。きかれていないので」

「そうですか」

芝田彦太郎はこの件にまだとりかかっていないのか。

「それから、殺された男の身許はわかったのでしょうか」

「いえ、わからないようです」

「連れの男の名もわからないのですね」

「はい」

「このふたりもたまにやって来ていたのですね」

「はい。よく、ふたりでいらっしゃいます。でも、名前は知りません。芸者を呼ぶわけでなく、いつも静かにお酒を呑んでいました」

その他にいくつかきいてから、栄次郎は『船幸』を出た。

本郷の屋敷に帰ると、兄はすでに帰っていた。

兄が襖を開けて顔を覗かせ、

「栄次郎、落ち着いたら来てくれ」

と、声をかけた。

「わかりました」

栄次郎は自分の部屋に入り、着替えてから、兄の部屋に行った。

「失礼します」

栄次郎は部屋に入り、兄と差向いになった。

「さっそくだが、朝聞いた件だ」

「立て籠もりの賊のことですね」

「賊が要求した塚本源次郎のことだが」

「何か、わかりましたか」

「いや、そうではないが、ただ塚本源次郎という名を思い出したのでな」

「ほんとうですか」

「賊の言う塚本源次郎とは別人だろうが、念のために伝えておこうと思ってな」

兄はそう前置きしてから、

「御徒目付の記録帳をもう一度、調べてみた」

御徒目付で取り扱った案件を記したものだ。御徒目付になったとき、兄は過去の記録に目を通した。

その中で、印象に残るものがあり、今回改めてその案件の報告書を見たという。

「ちょうど十年前の九月。御徒衆の御家人塚本源次郎が詰所で上役をめった斬りにして城内から逃走し、御徒町の組屋敷の自分の部屋で自害した」

「なぜ、塚本源次郎はそのような真似を？」

「じつは組屋敷の中で、妻帯して間もないご新造《しんぞ》が斬られて死んでいた。どうやら、ご新造は上役と情を通じ合っていたということだ」

「そのことを知って、かっとなっての凶行ですか」

「そうだ。悲惨な話だ」

「それが塚本源次郎ですか」

「うむ」

「いくつでしたか」

「二十八歳だったという」

「賊が口にした塚本源次郎も二十八だと言ってました。しかし、塚本源次郎はすでに死んでいるのですね」

「死んでいる」

「塚本源次郎に兄弟は？」

「嫁に行った姉がいただけだ」

兄は厳しい顔で、

「たまたま、賊の要求した人物と同姓同名だったのであろう。だが、異様な事件の当事者と同じ名だったので伝えておこうと思ったのだ」

「わかりました、ありがとうございました」

栄次郎は自分の部屋に戻ってからも塚本源次郎のことに思いを馳せていた。娶《めと》った妻が上役の女だった。妻帯後もその関係は続いていたのだろう。塚本源次郎はどんな思いで惨劇に及んだのか。いたたまれない気持ちになった。

五

翌日の昼前に、栄次郎がお秋の家に行くと、与力の芝田彦太郎が二階の部屋で待っていた。

「待たせてもらった」

彦太郎が言う。

「昨夜、矢内どのは『船幸』に行ったそうだが」

「ええ、ちょっと清吉とおさきのことが気になりまして。あのふたりは、いつも舟で亀久橋の近くまで帰っています。ふたりは木場の材木問屋……」

「矢内どの」

彦太郎が口をはさんだ。

「じつはふたりの身内から知らせが入った」

「知らせが？」

「そうだ。清吉は『木曽屋《きそや》』の跡取り、おさきは出入りの建具職人の娘だ。瓦版《かわらばん》で知って、『木曽屋』の主人が昨夜、奉行所に訴え出た」

「瓦版に事件が？」

「載っている」

「では、世間もこの事件を……」

「知っている」

「そうですか」

栄次郎は困惑しながら、

「賊から『木曽屋』に何も言ってきてないのですね」

と、きいた。賊からの脅迫文が届いていたら、彦太郎は真っ先に口にするはずだ。

「今朝、崎田さまから矢内どのの考えを聞き、『木曽屋』の主人に確かめた。何も言ってきてはいない」

「そうですか」

「木曽屋が脅《おど》されて嘘をついていることも考えられるが、その可能性は低い」

「ええ」

「こうなると、やはり、塚本源次郎のことだ」

彦太郎は渋い顔をして、

「早く塚本源次郎を探し出してくれないと伜《せがれ》の身に危険が及ぶと、木曽屋からも責められた」

「木曽屋は、賊の要求を知っているのですか」

「瓦版だ」

「瓦版にそこまで書いてあるのですか」

「そうだ。どうやら、『船幸』の船頭の誰かが瓦版屋に話したようだ」

彦太郎はいまいましげに言ったが、

「逆にそれで塚本源次郎を知る人物が名乗り出てくれるといいのだが」

と、期待も滲ませた。

「塚本源次郎について何か手掛かりは？」

「ない。だが、同心の中で塚本源次郎の名を覚えている者がいた。十年前、塚本源次郎という御徒衆がいて、上役を殺して自害したそうだ」

兄が言っていた事件だ。やはり、覚えている者も多いようだ。

「上役と自分の妻が出来ていたことを知って逆上し、惨劇に及んだようだ。当時、このことは衝撃をもって世間に広まった。この事件を脚色した芝居があったそうだ」

「芝居ですか」

「もっとも、芝居では塚本源次郎ではなく相本縞次郎《あいもとしまじろう》という名だ。だから、世間は十年前の惨劇と結びつけていないはずだ。瓦版もそこまで書いていない」

「賊はどうなんでしょうか。十年前の惨劇を知っていたかどうか」

「さあな。それを知っていようが知らなかろうがどっちでも同じだ。賊が口にした塚本源次郎は今、この世にいる人物だ」

「賊は、塚本源次郎を二十八歳。細身の苦み走った顔の男だと言っていました。顔を知っているのに、どこの誰かは言ってません。それで探せというのは無理があります」

「だが、賊が駆け引きのために言っているとは思えぬ。本気で探させようとしているのは間違いない」

「それにしては、あまりにも手掛かりが少ない。名前だけで探し出すのには無理があることぐらい、賊だってわかるはずです」

「…………」

「それなのに塚本源次郎という名以外、手掛かりらしいことを言わなかったのは、賊は奉行所が塚本源次郎の名だけで絞り出せると踏んだからではないでしょうか」

「どういうことだ?」

「つまり、奉行所なら塚本源次郎の名を聞いて、十年前の惨劇を思い出すと計算したのではないかと」

「十年前の惨劇に何か関わっているというのか」

「そうです。十年前の惨劇に関わりある者、塚本源次郎以外にも上役の家族、妻女の身内などの中に何らかの理由から塚本源次郎を名乗っている者がいるかもしれません。

それが二十八歳。細身の苦み走った顔の男では……」

「賊がそこまで考えるか」

彦太郎は首を傾げ、

「そうだとしても、なぜ賊はそんなまだるっこしい真似をするのだ。あっさり、十年前のことを言えばいい。そのほうが、早く賊の希望が叶うではないか」

「確かにそうですが……」

そこに何か、賊の隠された意図があるのではないか。

「もしかしたら、塚本源次郎を早く見つけられては困るような……」

「そんな事情があろうか」

それが『木曽屋』の脅迫ではないかと考えたが、彦太郎はその考えをもはや受け付けないだろう。

「塚本源次郎を見つけ出す糸口は他に何か考えられますか」

「今、武鑑《ぶかん》や人別帳《にんべつちょう》などを当たり、同心がそれぞれ懇意にしている大名家にも問い合わせている」

「浪人かもしれません」

「あとは町名主《ちょうなぬし》にお達しを出す」

奉行所から町年寄《まちどしより》を経由し、町名主、家主《いえぬし》に問いかけの文を出すということだ。

「ともかく、一刻も早く塚本源次郎を探し出す。人質の命がかかっているのだ」

彦太郎は悲壮な決意を見せた。

「賊は五人から八人。それに人質が三人。これだけの人数がどこかに身を潜めているのです。それなりに大きな家です」

「そうだな」

「荒れ寺とか廃屋になった百姓家とか……」

「薬研堀から大勢でそんな遠くまで逃げられまい」

「船で逃げたのではありませんか。仲間が外にいたと申しましたが、船を待機させていたのではありませんか」

「薬研堀から船で逃げたというのか」

「あのとき、賊は船を用意させましたね。それは目眩《めくら》ましだったのではないでしょうか」

「うむ、船か」

彦太郎は唸ってから、

「船なら深川の先、または向島《むこうじま》のほうまでも行けるな。よし、そのほうも調べてみる」

　と勇みたって言い。腰を上げた。

「芝田さま。私なりに勝手に調べることをお許し願えますか」

　栄次郎はあわてて訴えた。

「なにを？」

「木曽屋さんから話を聞いてみたいのです」

「何かわかったら、真っ先にわしに知らせてもらいたい」

「承知しました」

　彦太郎が引き上げたあと、栄次郎はお秋の家を出た。


　半刻（一時間）後、栄次郎は富岡八幡宮《とみおかはちまんぐう》の前を過ぎ、入船町《いりふねちょう》にやって来た。

　奥に進むと、あちこちに材木置き場があり、堀では川並《かわなみ》が丸太で組んだ筏《いかだ》を移動させていた。

　材木問屋の『木曽屋』はすぐわかった。間口《まぐち》の広い店に入る。帳場格子の中にいた番頭ふうの男に声をかけた。

「南町与力の芝田彦太郎どのの手伝いをしている矢内栄次郎と申します。船宿の件で、ご主人にお会いしたいのですが」

「少々お待ちを」

番頭は立ち上がって、廊下に下がっている長い暖簾《のれん》をかきわけて奥に向かった。

すぐ戻って来た。

「今、参ります」

そう言い、番頭は再び帳場格子に座り、帳簿をつけはじめた。

しばらくして、小肥りの男が現れた。眉間の皺《しわ》に、苦悩が窺《うかが》えた。

「主人の清兵衛《せいべえ》にございます」

「矢内栄次郎と申します。清吉さんの件でお訊ねしたいことが」

「どのようなことで？」

「清吉さんの件で、誰かがやって来ませんでしたか」

「誰かとは？」

「賊の一味です。あるいは文が届いたとか」

「矢内さま。どういうことでしょうか」

清兵衛は身を乗り出して、

「同心の旦那からもそのようなことをきかれました。ないと答えると、それ以上はきかれませんでした。矢内さまは何かご存じなのですか」

「いいえ、ただ考えられることを口にしただけなのです。清吉さんが人質にとられたのが偶然だったのかどうか」

「偶然……」

清兵衛ははっとしたように、

「ここではなんですから、どうぞこちらに」

清兵衛は栄次郎を店座敷の隣りにある小部屋に通した。

栄次郎は腰の刀を外して右側に置いて、清兵衛と対座した。

「偶然ではないというと、清吉が人質にとられたのは最初から狙われていたと仰るのですか」

「そういう考えも出来ると思ったのですが、賊から何も言ってこないなら、その考えは否定されます」

「つまり、身代金《みのしろきん》を要求してくるということですね」

「そうです」

「…………」

清兵衛は考え込んだ。

「何か」

「今のところ、賊からは何も言ってきません。ですが……」

清兵衛は言い淀んだ。

「何かあったのですか」

「今回の件に関係しているかどうかわからないのですが、ひと月前、押込みに入られそうになったんです」

「押込みですって」

「はい。じつは夜寝るとき、用心のために庭に鳴子《なるこ》を仕掛けておきます。ひと月前の夜、鳴子が音を立てたのです。すぐに川並の連中が庭に飛び出しました。そしたら、賊があわてて逃げて行ったのです」

「押込みを撃退したのですか」

「鳴子の音に驚いて逃げて行ったのです。おかげで押込みを防ぐことが出来ました。でも、その賊が仕返しに清吉を人質にとり、金を要求してくることは考えられると、今矢内さまのお話を聞いていて思いました」

「確かに、ひと月前の押込みは気になります。しかし、ふつか経っても賊から身代金の要求がないということは、その押込みとは関係ないのかもしれません」

「これから、賊が何か言ってくることは？」

「ないと思います。それに、清吉さんを人質にとることが狙いなら、何も船宿に押し込まずに帰りに襲ったほうが賊にとっては危険が少なかったはずです。そう考えると、私の考えは当たっていないようです」

「………」

「清吉さんとおさきさんはどういう仲なのですか。なんだか人目を忍ぶような様子に見受けられましたが」

「はい。じつは私どもはふたりの仲を認めていません。清吉にはちゃんとした許嫁がいるのです」

「どなたですか」

「日本橋大伝馬町《にほんばしおおてんまちよう》の鼻緒《はなお》問屋の娘さんとの縁組を進めているのですが」

「清吉さんはおさきさんに心を奪われているのですね」

「はい」

「おさきさんの家はどこでしょうか」

「冬木町《ふゆきちよう》です。父親は建具職ですからすぐわかります。文蔵《ぶんぞう》さんといいます」

清兵衛は答えてから、

「やはり、賊は塚本源次郎という男を探すことが狙いなのでしょうか」

「ええ。やはり、そうかもしれません」

「見つけ出せなければ、人質をひとりずつ殺すと言っているそうじゃありませんか。奉行所は塚本源次郎を見つけ出すことが出来ましょうか」

「懸命に探しています」

「これなら、矢内どのが仰るような身代金目当てのかどわかしのほうがどんなによかったか。金で解決出来ますから」

「…………」

栄次郎は何も言えなかった。

番頭が清兵衛を呼びに来たので、栄次郎は話を切り上げた。

栄次郎は冬木町に足を向けた。

仙台堀にかかる亀久橋の袂に差しかかった。橋の近くに船宿があった。ふたりは薬研堀からここまで船で帰って来たのだろう。

冬木町はすぐそこだ。

建具職の家を探し出し、栄次郎は戸障子を開けた。ふたりの若い職人が障子の枠を造っていた。

「すみません。文蔵さんはいらっしゃいますか」

栄次郎が声をかけると、奥から四十過ぎと思える男が顔を出した。

「あっしに何か」

「私は南町与力の芝田彦太郎どのの手伝いをしている矢内栄次郎と申します。今回の件で、ちょっとお話をお聞かせ願いたいのですか」

「まだ、塚本って男は見つからないんですかえ」

文蔵はいらついたように言う。

「今、あらゆる手立てを尽くして探しています」

栄次郎はそう言うしかなかった。

「おさきさんは『木曽屋』の清吉さんと親しいのですね」

「親しいが、身分が違うからどうしようもねえ。それに、向こうは許嫁がいるんだ」

文蔵は自嘲ぎみに言う。

「清吉さんはおさきさんを選んだのではないのですか」

「いくら若旦那がおさきのことを思ってくれていても、旦那が承知するはずはねえ」

「清吉さんはどんなお方なのですか」

「いい男だ。誠実で、やさしい。ほんとうにおさきのことを思ってくれるなら、『木曽屋』を飛び出て、おさきといっしょになってくれと言いたい」

「『木曽屋』の跡取りだから、それは出来ないんでしょうね」

「その気なら出来るんだ。代は弟の清助《せいすけ》に譲ればいい」

「弟がいるんですか」

「いる。まあ、俺は好きじゃねえがな」

「清助さんのことがですか」

「ああ、あんな男が『木曽屋』の代を継いだら、俺はもう『木曽屋』に出入りはしねえ。だから、仕事の上でいけば清吉さんに代を継いでもらいてえが、おさきのことを考えたら家を飛び出してもらいてえ」

文蔵は真顔で言う。

「早く、おさきと清吉さんを返してもらいてえ」

文蔵は苦しそうに顔を歪めて訴えた。

「きっと無事に助け出します」

栄次郎はそう言い、文蔵の家をあとにした。

やはり、清吉とおさきを狙いうちにしたのではないようだった。ふたりは運悪く、人質事件に巻き込まれたのだ。

やはり、塚本源次郎を見つけるしかない。

栄次郎は仙台堀沿いを大川に向かい、新大橋を渡った。

新大橋を渡った頃に、夕闇がおりてきた。栄次郎はふと思い出して浜町堀に足を向けた。

高砂町に入り、万兵衛店の木戸をくぐった。

とっつきの家から出て来た年寄りに、音吉の住まいをきいた。一番奥だと聞いて、そこに向かう。

腰高障子の前に立ち、声をかけて戸を開ける。

「音吉さん」

薄暗い部屋に誰もいなかった。

土間に入り、部屋を見まわす。壁に格子縞《こうしじま》の着物がかかっている。枕屏風《まくらびょうぶ》の向こうにふとんが畳んである。あとは煙草盆があるだけで殺風景だった。部屋の隅《すみ》に、湯呑みが一個置いてあった。

背後にひとの気配がし、栄次郎は振り返った。

「冬二さん」

「へえ、どうも」

冬二は会釈をし、

「音吉さんは昨夜も帰りませんでしたぜ」

「帰らなかった？」

栄次郎は胸騒ぎがした。

「何かあったのでしょうか」

「さあ、わかりません。いったん帰って来たんですが」

「これまでにも、帰って来ないことが？」

「ええ、ときたまありました」

やはり、賭場に出かけているのか。

「音吉さんが仕事を世話してもらっている口入れ屋はどこかわかりませんか」

「口入れ屋？」

冬二は首をひねり、

「音吉さんは口入れ屋など使ってませんぜ」

「でも、口入れ屋から日傭取りの仕事を世話してもらっていると言ってましたが。違うんですか」

「音吉さんはときたま出かけて行きましたが、仕事をしているようには思えませんでした。仕事を探しているふうでもありませんでした」

「貯《たくわ》えがあったんでしょうか」

「さあ、どうでしょうか」

冬二は怪訝《けげん》そうな顔で、

「音吉さんに何か心配ごとでも？」

と、きいた。

「音吉さんとは一年ぶりに再会したのです。今、どんな暮しをしているのかわからないので……。悪い仲間がいるのではと気になりましてね」

「そうですか」

冬二は表情を曇らせた。

「部屋を見ても、生活の匂いがしません」

栄次郎はため息をついた。

「矢内さまと音吉さんは長唄の兄弟弟子ということでしたね」

冬二は確かめるようにきいた。

「そうです」

「それだけの縁で、そんなに音吉さんに親身に？」

「同じ師匠の下で精進《しょうじん》している者同士ですから」

「そんなものですか」

「音吉さんは自分のことは何も言わないのですね」

「ええ、何も言いません。もっとも、じっくり額《ひたい》をくっつけて話をしたこともありませんので」

冬二は言ってから、

「でも、そろそろいい加減に音吉さんも帰って来る頃だと思います。そしたら、矢内さまがお見えになったと伝えておきます」

「ええ、よろしくお願いいたします」

栄次郎は頼んでから、

「冬二さんはお仕事は？」

「あっしは錺《かざり》職人です。隣りの自分の家で仕事をしています」

「そうですか。では」

栄次郎は冬二に挨拶をして木戸に向かった。

木戸を出たところで、前方からやって来る男を見て、はっとしたが、音吉ではなかった。栄次郎は重たい気持ちで浜町堀を越えた。

第二章　幻の男

一

翌日の朝、栄次郎が黒船町のお秋の家に着くと、お秋が駆け寄って、

「今、芝田さまの使いのひとがきて、薬研堀まで来てくれと」

と、伝えた。

「何かあったのでしょうか」

「詳しいことは何も仰《おつしや》いませんでした。ただ、ずいぶん、焦っていたようです」

「そうですか。では、ともかく行ってきます」

栄次郎はお秋の家を飛び出た。

薬研堀で何か新しい手掛かりが見つかったのか。しかし、使いの者が焦っていたこ

とが気になる。

栄次郎は最悪のことが脳裏を掠め、蔵前通りを急いだ。

浅草御門を抜け、両国広小路を突っ切って薬研堀にやって来た。元柳橋の袂《たもと》に人だかりがしていた。

同心や岡っ引きに混じって、芝田彦太郎の姿があった。野次馬の間を縫って前に出る。

「芝田さま」

栄次郎は声をかけた。

「来たか」

彦太郎は重たい声で言い、

「殺《や》られた」

と、莚《むしろ》をかけられた亡骸《なきがら》を指差した。

「人質の誰かですか」

栄次郎はホトケに近づいた。

岡っ引きが莚をめくった。三十過ぎの男が心《しん》ノ臓《ぞう》を刺されていた。鷲鼻の男だ。

栄次郎は合掌《がっしょう》して、ホトケを検《あらた》めた。死んで半日近く経っているようだ。殺されたのは昨夜だ。

周囲に争ったような跡や血のようなものが雑草に付着していた。ここに連れて来られて、刺されたようだ。

栄次郎は立ち上がった。

「人質のひとりに間違いないのですか」

「さっき、『船幸』の女将《おかみ》に確かめてもらった。それに、死体のそばに置き文があった。これだ」

彦太郎は文を見せた。

塚本源次郎を早く探し出せ、と書いてあった。

「残酷な連中だ」

彦太郎は吐き捨てる。

「塚本源次郎の手掛かりは？」

「ない」

彦太郎は不機嫌そうに言う。

「しかし、このままでは……」

栄次郎はあとの言葉を呑んだ。

「また、新たな犠牲者が出よう」

「人質はあとふたりいます」

清吉とおさきだ。

「賊は塚本源次郎を探し出してどうするつもりでしょうか」

「わからぬ」

「普通に考えれば、殺すためでしょう」

「…………」

「もともと塚本源次郎は賊《ぞく》の仲間だった。ところが、仲間を裏切って逃げた。そのために、一味は塚本源次郎を追った……」

「でも、なぜ、こんな手の込んだことをしたのか」

「自分たちでは見つけ出せないからでしょう。そこで奉行所の力を頼ることにした。そう考えたのですが、ちょっと解せないことが」

「なんだ？」

「やはり、奉行所を頼ることとです」

「賊の狙いを想像して何になる。まず塚本源次郎を探し出さねばならぬ。でないと人質が殺されるのだ」

「賊は塚本源次郎がどこにいるかわからない。連絡をとることが出来ない。それだけで、奉行所に探させようとしているのでしょう」

「それだけとは?」

「賊は塚本源次郎をどこまで知っているのでしょうか。塚本源次郎が仲間だったとしたら、賊は源次郎のことをよく知っているはずです。なのに、賊が口にしたのは二十八歳で、細身の苦《にが》み走った顔の男だとだけ。つまり、どこにいるのかだけでなく、賊は塚本源次郎に直接会ったことはないんじゃないでしょうか。つまり、顔を知らないから探し出せないのです」

「顔を知らない……」

彦太郎は呟《つぶや》く。

「殺すためかどうかはわかりませんが、賊は塚本源次郎の顔を知らないのではないかという疑いは生じます」

「知らなかったとして、どうするのだ?」

「だとすれば、誰かを塚本源次郎に仕立ててはいかがでしょうか」

「仕立てる?」

「そうです。偽の塚本源次郎を用意するのです」

「そんなこと出来るか」

「相手が顔を知らないとしたらある程度はうまくいくのではないでしょうか」

「しかし、どうやって賊に知らせるのだ？」

「瓦版《かわらばん》です。瓦版に、塚本源次郎が見つかったと知らせるのです。賊の目に届くはずです。そしたら、何か言ってくるはずです」

「いくら賊は顔を知らなかったとしても、会って言葉を交わせば、偽者とすぐ見破られてしまうのではないか」

「会うときが好機です」

「そのときに捕まえるというのか。そんなにうまくいくか」

彦太郎は首を傾げる。

「手を拱《こまね》いているよりましです。それより、瓦版で塚本源次郎が見つかったことを報じれば、賊は確かめようとするでしょう。仮に数日間で見破られるにしても、その間は人質が犠牲になるのを防げます」

「賭けだが……」

彦太郎の目が鈍く光った。

「よし、奉行所に持ち帰って皆に相談してみよう」

「はい」

栄次郎は答えてから、

「それより、船宿で殺された男の身許はまだわからないのですか」

「わからない」

「不思議ですね。身の回りからひとがいなくなっており、瓦版でもこのことが大きく取り上げられている。おそらく、髪結《かみゆ》い床や風呂屋など、ひとの集まるところではこの噂も出るでしょう。なぜ、周囲の者は訴え出て来ないのでしょうか」

「江戸の者ではないかもしれぬ」

「遠国《おんごく》から商売で江戸に来た者ですか」

「そうだ」

「それなら、どこかの旅籠《はたご》に泊まっているはずです。客が帰って来なければ旅籠の者が不審を持ってもいいはずですが」

「………」

「名乗り出られない事情でもあるのでは……」

栄次郎は呟く。

「どんな事情だ？」

「たとえば、裏の顔を持つ者だったとか」

「まさか」

「いずれにしろ、早く塚本源次郎を用意してください」

「わかった」

栄次郎はその場を離れ、『船幸』に向かった。

きょうは大戸は開いていた。商売を再開させたようだ。船頭が舫《もや》ってある船の掃除をしている。

土間に入ると、女将が出て来た。

「矢内さま」

女将は青ざめた顔で、

「また、殺しが……」

と、先に口にした。

「殺されたふたりの身許がまだわからないのです。身近にいるひとがどうして訴え出ないのか不思議ですが、手掛かりを探すとなるとここしかありません」

「そう仰られても……」

女将は困惑の色を隠さない。

「ふたりの部屋にお酒を運んだ女中さんにお話をききたいのですが」

「同心の旦那もきいていましたが、何もわからなかったようですけど」

「それでも、構いません」

「そうですか」

女将は手代ふうの男に何事か囁《ささや》いた。

手代は奥に行った。

「商売を再開したようですが、事件のしわ寄せはありませんか」

「あんなことがあったのでお客さんは怖がって来ないかと心配しましたが、逆に好奇心からか増えています」

「でも、お客さんは事件のことをききたがるのではありませんか」

「ええ。そのとおりです」

女将が苦笑したとき、二十歳ぐらいの丸顔の女がやって来た。

「矢内さまが、お客さまのことでおききしたいそうだよ」

女将は女中に告げ、それから栄次郎に顔を向け、

「おときです」

と、引き合わせた。

「お忙しいところをすみません。商人ふうの三十半ばの客のことでお訊ねしたいのです」

栄次郎は切り出す。

「役に立つようなものは何も……」

おときは戸惑いぎみに答える。

「それでも構いません」

栄次郎は気を楽にさせるように言ってから、

「ここでは邪魔になります。外に」

栄次郎は誘う。

おときは女将の許しを得て、栄次郎といっしょに外に出た。

人気《ひとけ》のない河岸の外れで立ち止まった。

「ここで」

「はい」

「ふたりの部屋にはあなたがお酒を運んだのですか」

「そうです」

「そのとき、ふたりがどんな話をしていたか覚えていませんか」

「いえ、話をしていません」

「していない？」

「はい」

「ふたりとも口数の少ないひとだったんでしょうか」

「私がお酒を持って部屋に入って行くと、黙っていますが、それまでは話をしていたような様子でした。他人に聞かれたくないのだろうと思いました」

「どんな話をしていたのかわからないのですね」

「はい」

「なんでもいいんですが、ふたりに気づいたことはありませんか」

「あっ」

おときが声を上げた。

「一度だけ、ひとりが私に話しかけてくれました」

「なんと声を？」

「在所はどこだと」

「どうして在所の話に？」

「私の喋《しゃべ》り方でしょうか」

「で、答えたのですか」

「はい。在所は佐野《さの》ですと」

「お客は何か言いましたか」

「いえ、何も」

「佐野と答えたあと、ふたりは何も言わなかったのですか」

「そうです」

「へんですね」

「あっ、でも、佐野って答えたら、ふたりは顔を見合わせていました」

「顔を見合わせた？」

「はい。そうそう、ご祝儀をいただきました」

「祝儀？」

「はい。顔を見合わせたあとに、笑いながら財布を出して」

ふたりは佐野の出身か、そこの出の知り合いがいるのかもしれない。佐野の名が出たので親しみを覚えたか。

「話したのはそれだけですか」

「そうです」

「ふたりは商人のようでしたか」

「いえ。ちょっと違うような気が……」

「どうして、そう思うのですか」

「怖いような目つきをすることがあったんです。他の商家の旦那さまとはちょっと様子が違うように思えました」

「…………」

商家の旦那ではない、行商人とも違うようだ。いずれにせよ、とっくに家人《かじん》から奉行所に知らせが入っているはずだ。

正体を摑む手掛かりは得られなかったが、ふたりは堅気《かたぎ》の者ではない可能性が高まった。ふたりに仲間がいたとしても名乗って出られない事情を持っていそうだ。

ふたりは仲間に見捨てられたのかもしれない。

「それから賊のことですが、おときさんも賊に捕まっていたのですね」

「はい。生きた心地がしませんでした」

おときは胸に手を当てて眉を寄せた。

「賊を見ましたか」

「まともに見ていません。怖かったので……」

「じゃあ、賊の中にかつて『船幸』に客で来たことがあった男がいたかどうかはわからないですね」

「わかりません。頭巾をしていて顔もわかりませんし。でも、以前に来たことがあったかもしれません」

「どうしてそう思うのですか」

「他の部屋の場所や厠《かわや》に迷わず行きましたから。ただ、他の船宿も同じような造りなので、うちに来たことがあるとは言い切れないと思いますが」

「確かに、以前に来たことがあれば、女将さんやおときさんに気づかれる恐れもありますね」

「はい。ただ、別のひとが客で来て、あとで仲間に家の造りを教えることは出来ると思います」

「なるほど」

栄次郎は押し込んだ五人以外に仲間がいたと睨んでいる。外で待機していた賊が事前に客として来ていたかもしれない。

相手を冷静に見ているとおときに感心し、栄次郎は言った。

「今後、その客で来たひとがまたやって来ることがあるかもしれません。奉行所の探索の様子を探るためです」

「まあ」

「何かを聞き出そうとするような客が来たら、よく覚えておいてもらえますか。もちろん、おときさんが根掘り葉掘りきいたら、逆に怪しまれます。無理をなさらないように」

「女将さんにもこのことを?」

「いえ。女将さんまでそういう目で接したら、相手に不審を持たれるかもしれません。おときさんだけで」

「わかりました、では」

おときは『船幸』に帰って行った。

栄次郎は再び元柳橋を渡った。すでに、ホトケは片づけられていた。

あの殺しは改めて賊が本気だということを示していた。次は清吉かおさきだ。一刻の猶予もなかったが、まだ賊の狙いが読み取れず、気ばかりが焦った。

二

翌日、お秋の家に芝田彦太郎がやって来た。

二階の部屋に通し、栄次郎は向かい合った。きょうははじめから彦太郎の表情は厳しかった。

「昨日、年番方の崎田さまをはじめ、探索に携わっている同心らを交え、そなたの意見を検討した」

重々しい口調で、彦太郎は切り出した。

「結論から言おう。そなたの言うように、偽の塚本源次郎を用意することになった。最初は反対もあった。なんら知識のない塚本源次郎に化けても賊に簡単に見破られてしまうという意見が多かった。だが、このままでは次の犠牲者が出るのは防げない。そなたの言うように、賊に人質を殺す口実を与えないためにも瓦版を通して塚本源次郎が見つかったことにするしかないということになった」

「そうですか。私もこれが最善の策だとは思ってもいません。ただ、猶予を得るためにはこれしかないと」

「それで、塚本源次郎役にどなたか見つかりましたか」

「うむ」

「二十八で細身の苦み走った顔の男。残念ながら、北町にも南町にもふさわしい男はいない」

「そうですか」

栄次郎は困惑した。

「だが、ひとりだけいた」

「ほんとうですか。誰ですか」

「矢内どの、そなただ」

「私ですか」

「そうだ。歳も近い。細身の苦み走った顔の男。その条件に当てはまる。ただ、崎田さまは難色を示された。ひとつだけ適さないものがある。それはわしも同じ意見だ」

「なんでしょうか」

「色気だ。男の色気」

「………」

「矢内どのは三味線弾きだそうだな。どうりで、雰囲気が違うと思った」

十代の終わり、悪所通いでさんざん遊んでいる頃、ある店できりりとした渋い男を見かけた。決していい男ではないが、体全体から男の色気が醸《かも》し出されている。それが、吉右衛門師匠だった。

師匠のように三味線を習えば、あのような粋で色っぽい男になれるかもしれない。そう思い、さっそく弟子入りをしたのだ。

「そのことが気になるが、塚本源次郎になれるのはそなたしかいないのだ」

「しかし、私は立て籠もりのときにも、昨日の元柳橋の殺しの現場にも芝田さまといっしょにいました。賊の一味に見られているかもしれません」

「しかし、そなたしかいないのだ」

彦太郎は一歩も引き下がらずに続ける。

「そもそもこの考えを言い出したのはそなただ」

「しかし、南北の奉行所にはたくさんの若い同心がおられるはず。そこまで完璧を求めずとも……」

「いや、すぐ見破られてしまっては元も子もない。時を稼ぐためにもそなたしかいない」

「もちろん、賊に見られていないのであれば、なりすますことは厭《いと》いません。でも、賊は私を見ているはずです」

「なぜ、そう思うのだ？」

「賊はかなりの準備をしてこのたびのことに臨んでいるようです。押し入った五人以外に仲間を待機させていたはずです」

「しかし、裏手で待っていたのではないか」

「いえ、表にも仲間がいたと考えたほうがいいと思います。野次馬に混じって、ことの成り行きを見ていた可能性があります。私の顔も当然見ているでしょう」

「…………」

「私ではだめです」

「困ったな」

彦太郎は腕組みをし、

「二十八歳で細身の苦み走った顔。条件はこれだけだ。当てはまる者は掃いて捨てるほどいると思ったが……」

と、嘆いた。

「仕方ない。同心の中で、一番近い男にやってもらおう」

彦太郎は腰を上げた。

「お待ちください」

栄次郎は声をかけた。

「ひとり、私に心当たりがあります。請け合ってくれるかわかりませんが、話だけはしてみます。危険なことに引っ張り込むことになるので、無理強《じ》いは出来ませんが」

「どんな男だ？」

「冬二さんといいます。二十七、八歳かと。錺《かざり》職人です。細身で鼻筋の通った引き締まった顔だちです」

「よし、これからその者に会いに行こう」

彦太郎は急《せ》かした。

四半刻（三十分）後に、栄次郎と彦太郎は高砂町の冬二の家にやって来た。

声をかけて戸を開けたが、部屋に誰もいなかった。小机の上に小槌《こづち》や鑿《のみ》などが置いてある。

「留守です」

栄次郎は落胆した。

「どこに行ったのだ」

彦太郎は舌打ちして言う。

「待ちましょうか」

「うむ。外で待とう」

彦太郎は長屋の路地の突き当たりに見える稲荷の祠《ほこら》の近くに行った。

栄次郎は隣りの音吉の部屋を覗いたが、帰って来た気配はなかった。

「どうしたんだ？」

「知り合いが隣りに」

栄次郎は多くを語らなかった。彦太郎もきこうとはしなかった。冬二のことしか頭にないようだ。

木戸口に人影が現れた。

「芝田さま。帰って来ました」

栄次郎は木戸に向かった。彦太郎もあわてていてくる。

「矢内さま」

冬二が会釈をし、不審そうに彦太郎に目をやった。

「こちらは南町与力の芝田彦太郎さまです。じつは冬二さんにお願いがあって待たせてもらいました」

「そうですか。今、お得意先に品物を届けに行ってきたんです。で、あっしになんでしょうか」

「ここでは話が出来ぬ。外に」

彦太郎は木戸を先に出た。

浜町堀に架かる高砂橋から少し離れた場所に立った。対岸は大名屋敷だ。

「わしから話そう」

彦太郎が冬二に向き合い、

「薬研堀の船宿で、立て籠もり事件があった。知っているか」

「へえ、髪結い床でみんなが喋《しゃべ》っていましたから」

「賊は塚本源次郎という男を探し出せという要求をしている」

彦太郎は経緯を説明して、

「時を稼ぐためにも偽の塚本源次郎を用意して賊と交渉したいのだ」

「ひょっとして、あっしに塚本源次郎になれということですかえ」

冬二がきいた。

「すみません。私が冬二さんを勧めたのです。でも、出来ないならそう仰っていただいて構いません」

栄次郎が口を入れた。

「なぜ、あっしなんですか」

「賊が言うには塚本源次郎は二十八歳で細身の苦み走った顔だという。最初は矢内どのに頼んだのだが、矢内どのは賊に知られているかもしれぬのだ」

「それで、冬二さんを思い出して」

栄次郎はすまなそうに言う。

「危険な役割ですから、無理に引き受けていただこうとは思っていません」

「あっしで務まるでしょうか」

冬二は厳しい顔で言った。

「出来る」

彦太郎は強い声で言う。

「これ以上、人質が犠牲にならないようにお役に立てるなら」

「やってくれるか」

「はい」

「冬二さん」

栄次郎は冬二を見つめ、

「賊の狙いは塚本源次郎を殺すことにあるのかもしれません。それだけ危険な役目です」

「承知しています」

「冬二さん。すみません。あなたを危険に巻き込んでしまって」

「いいんですよ」

「必ず、あなたの身は私がお守りします」

栄次郎は力を込めて言った。

「へえ。でも、どうすればいいんですかえ」

「心苦しいのだが、大番屋の仮牢でしばらく過ごしてもらいたい」

「仮牢ですって」

冬二は栄次郎を見た。

「芝田さま。なぜ、そんなことを?」

「塚本源次郎を保護していることを賊に知らしめるためには大番屋のほうがいい。どこその屋敷であれば、逃げ出せるからな」

「承知しました。大番屋に行きましょう」

冬二は意気込んで言い、

「その代わり、必ず人質を無事に助け出してやってください」

「必ず」

彦太郎は誓った。

「あとで同心がそなたの住まいに行く。塚本源次郎として動いてもらいたい」

「わかりやした。じゃあ、長屋にいますので」

冬二は長屋に帰って行った。

「これからが勝負だ」

彦太郎が言う。

だが、これが人質の救出に結びつくかどうかはわからない。時を稼ぐ狙いであって、その間にも賊の探索を進めなければならない。

「賊の逃走経路は摑めましたか」

「柳橋の船宿の船頭があやしい船を見ていた。十人ぐらい乗っていたそうだ。上流に向かった。賊の隠れ家が向島方面にあるのではないかと見て探索をしている」

「それから、殺された男の身許がいまだにわからないのですね。あのふたりはひょっとして堅気ではないのかもしれません」

「うむ。おそらく、身近の者も名乗って出られない事情があるのだろう。しかし、今はそのようなことは後回しだ」

　彦太郎は首を横に振り、

「それではこれから塚本源次郎を見つけた体《てい》で、同心を冬二の長屋に遣わす。大勢で、目立つように大仰《おおぎょう》にな」

　と言い、奉行所に戻った。

　栄次郎は再び冬二の長屋に行った。

　腰高障子を開けると、冬二は部屋の真ん中で瞑想をしていた。

「冬二さん」

　栄次郎は声をかけた。

　ゆっくり、冬二は目を開けた。

「矢内さま」

　冬二は体の向きを変えた。

「もし引き受けたことを後悔しているなら、今からでも断ってください。芝田さまには私からよく話しておきます」

「いえ、やってみます。人質の救出に少しでもお役に立ちたいのです」

「私が勝手にあなたの名を出したばかりに」

栄次郎は詫びた。

「いえ、かえってお役に立てることを光栄に思っています。それより、賊についてわかっていることを教えていただけますか」

「詳しいことはわかっていません。船宿に押し込んだのは三人の浪人を含む五人ですが、外に仲間がいたと思われます。おそらく、賊は全部で七、八人。もしかしたら、隠れ家にも仲間がいたとも考えられ、おそらく十人ぐらいではないかと」

「十人ですか」

「そのうち、浪人が三人。やることに手際がよく、統制がとれています。いつも仲間で動いているのでしょう。押込み一味かもしれません」

「押込み一味がなぜ塚本源次郎を探しているのでしょうか」

「わかりません。賊の狙いがなんなのか、何もわからないのです。もしかしたら、塚本源次郎のことは目眩《めくら》ましで、真の狙いは別にあるのではないかと考えたりもしましたが、わかりません」

栄次郎は唇を嚙んだ。

「真の狙いが別だとすると、どういうことが考えられるのですか」

「そうですね。たとえば、すでに人質がふたり殺されましたが、ふたりの身許はわかっていないのです。堅気ではないかもしれません。賊はこのふたりを殺したかったが、その理由を隠すために……」

栄次郎は自分の言葉にはっとした。

「何か」

冬二が不思議そうにきいた。

「いえ、なんでもありません」

「これからどのような展開になると思いますか」

冬二は改まってきいた。

「塚本源次郎を見つけたと知れば、賊は奉行所に人質との交換を要求してくると思います。このときが勝負です」

「しかし、素直に交換をするでしょうか」

「いえ。単純にはいかないと思いますが」

「私は賊と対面したらどうしたらいいのでしょうか」

「何をきかれても答えないことです。答えたら、偽りだと見破られてしまうでしょう。でも、心配しないでください。あなたを賊には渡しません」

「わかりました」

冬二は応じてから、

「音吉さんはあれから帰っていません」

と、口にした。

「ええ。最初はどこぞの賭場に入り浸っているのかとも思いましたが、どうやら別の事情がありそうです」

栄次郎は居住まいを正して、

「では、冬二さん。私は引き上げます。じきに奉行所から同心たちがあなたを連れにやって来ます」

「任せてください」

冬二は笑みを浮かべた。


栄次郎は新大橋を渡って深川にやって来た。

仙台堀沿いを通って冬木町に着いた。

建具職文蔵の家の戸障子を開けた。ふたりの若い職人が相変わらず障子の枠を造っていた。その傍《かたわ》らに文蔵がいて、指図をしていた。

「文蔵さん、ちょっとお訊ねしたいのですが」

頃合いを見て、栄次郎は声をかけた。

「なんでしょうか」

文蔵は振り向いた。あまり眠れないのだろう、隈《くま》が出来ている。気丈に振る舞っているようだが、かなり憔悴しているようだ。

「『木曽屋』さんのことです。清吉さんには弟がいるのでしたね」

「ええ、清助っていう男です」

文蔵は不快そうな顔をした。

「文蔵さんは清助さんを好かないと仰っていましたが？」

「ああ、性根が卑しい」

「同じ兄弟でも、だいぶ違うんですね」

「腹違いの兄弟だからな」

「腹違い？」

「そう、清吉さんは先妻の子で、後添いに出来た子が清助だ。この後添いがいやな女だ」

「今の内儀さんですよね」

「そうだ。料理屋で働いていた女だ。先妻が病死してすぐ『木曽屋』に乗り込んで来た。とにかく、偉ぶって職人たちを虫けらのように扱いやがる。そんな女の息子が清助だ」

　文蔵は怒りを押さえきれずに言う。

「『木曽屋』の旦那は内儀さんのことをどう見ているのですか」

「惚れちまっているんだ。だから、内儀はやりたい放題。そんな中で、唯一、奉公人や出入りの者にちゃんと接してくれるのが清吉さんだ」

「そうですか」

　栄次郎は微《かす》かに胸が騒いだ。

「『木曽屋』の跡取りは清吉さんですが、内儀さんも認めているのですか」

「ほんとうは清助に継がせたいと思っているんですよ。清助だって、そう思っているんじゃないですか。だから……」

　文蔵はあわてて言葉を切った。

「なんですか」

「いや、なんでもない」

「聞かせてください」

「たいしたことじゃない」

「それでも」

栄次郎は食い下がった。

「今朝、『木曽屋』の旦那のところに行ったんですよ。奉行所から何か言ってきてないかききにね。その帰り、内儀さんと会ったんです。おさきちゃんも心配ねって声をかけてくれたのはいいのですが、清吉はともかく、おさきちゃんだけでも無事だといいんだけどねって言ったんです」

文蔵は息を継ぎ、

「そんときは、あっしを励ましてくれたのだと思っていたんですが、あとになって落ち着いて考えると、内儀さんは妙なことを言っていたんです。清吉はともかく、おさきちゃんだけでも無事ならばと。清吉はともかくって、まるで殺されてもいいって言っているようなもんじゃありませんか」

「それは文蔵さんの偏見じゃありませんか」

「そんなことありませんぜ。事件以来、旦那は苦しんでいますが、内儀さんも清助も平然としていますから。いえ、かえってはしゃいでいるようですぜ。うちの奴は寝込んでしまったっていうのに、あの内儀は元気一杯。そりゃそうです。清吉さんに万が一のことがあれば、清助が『木曽屋』を継ぐことになるんですからね」

栄次郎はふと思い出したことがあってきいた。

「ひと月前、『木曽屋』に押込みが入りそうになったということをご存じですか」

「そういえば、清吉さんがそんなことを言っていた。庭に仕掛けていた鳴子《なるこ》が鳴ったと」

「ええ、そのようですね」

「まさか、そのことと今回の件がつながっていると」

「いえ。そういうわけではありません」

「だが、あの押込みは妙だと、清吉さんは言っていた」

「何が妙なんですか」

「賊がどこから入ったか不思議だと。塀には忍び返しがついていて、それを乗り越えた形跡はなかったそうです。清吉さんは誰かが裏口の閂《かんぬき》を外していたんじゃないかと言ってました」

「誰かとは?」

「口には出さなかったが……」

文蔵は口を閉ざした。

「ひょっとして、清助さん」

「まあ、なんの証《あかし》もないことですから」

文蔵は言ってから、

「それより、賊が名指しした男は見つかりそうなんですかねえ」

と、怒ったように言う。

「見つかりそうだと聞いています」

「ほんとうですかえ」

「ええ、いずれ、その知らせが届くと思います」

「そうですか。見つかりそうですかえ」

文蔵の表情が綻《ほころ》んだ。

栄次郎は挨拶をして、文蔵の家をあとにした。

再び、新大橋を渡り、高砂町の冬二の長屋に急いだ。

三

長屋木戸の前が物々しかった。奉行所の小者らが木戸の前で待ち構えていた。

栄次郎は野次馬に混じって木戸に目を向けていた。

やがて、長屋路地から芝田彦太郎が現れた。その後ろから同心とともに冬二が出て来た。野次馬が道を開ける。

冬二を連れた一行が通って行く。彦太郎と目が合った。栄次郎は目顔《めがお》で頷《うなず》き、冬二の一行を見送った。

「塚本源次郎らしい」

野次馬の中から声がした。彦太郎が噂を広げさせているのだ。

このあと、船宿『船幸』の女将に塚本源次郎を見つけたことを知らせる。賊にそこから伝わるか、瓦版からか。

いずれにしろ、賊からの指示がなんらかの形であるはずだ。

これからが勝負だと、栄次郎は気を引き締めた。

本郷の屋敷に帰ると、母に呼ばれた。

仏間に行くと、母が仏壇に灯明を上げ、手を合わせていた。仏間に呼ぶというのは亡き父の前で隠し立てせずに正直に話せという無言の働きかけだ。

栄次郎も仏壇に手を合わせてから、母と向き合った。

「じつは織部平八郎さまがぜひ、そなたに会いたいそうです」

「御前さまからの言伝てですか」

「いえ。織部さまからです」

「なぜ、私に？」

「さあ、なんでしょうか。でも、せっかくのお誘いです。お受けするように」

「わかりました。で、いつでしょうか」

「そのうちに日時を知らせてくるそうです」

「承知しました。では」

栄次郎が腰を上げようとしたが。母はまだ何か言いたそうだった。

「母上、何か」

「いえ、栄次郎がこの家を出て行くようになったら、さぞ寂しいでしょうと思って」

「母上。私はまだここを出て行きませんよ。兄上がいていいと仰ってくれていますし」

「でも、いつまでもあなたを部屋住みのままにしていては父上に申し訳ありません」

「いえ、父上だっていつまでも私がこの家にいることを望んでいるはずです」

「そんなことはありません。父上はあなたを一家の当主として……」

「母上。私は矢内家の子です。父上と母上の子です。それ以外の何者でもありません。

父上と母上がどなたかに配慮をして私の行く末を考える必要はありません」

「わかっています。なれど……」

母は言い淀んだ。

「それより、兄上の祝言の日取りは決まったのですか」

「今、詰めているところです」

「やはり、家格のことが問題に？」

相手は大身《たいしん》の旗本の娘だ。兄は御家人。身分の格差は大きい。

「そうではありません」

「なら、いいのですが」

栄次郎は領いてから、

「今日は兄上は？」

「宿直《とのい》です」

「そうですか。では」

「そろそろ夕餉《ゆうげ》の支度が出来ましょう」

「わかりました」

栄次郎は応じてから自分の部屋に戻った。

翌朝、栄次郎は屋敷を出て、本郷通りを行き、昌平橋《しょうへいばし》を渡った。柳原《やなぎわら》通りから両国広小路《りょうごくひろこうじ》を突っ切って薬研堀の元柳橋を渡り、大川端の『船幸』にやって来た。

奉公人が店の前を掃き掃除し、土間に入ると、上がり口の板敷きの間をおときが雑巾《ぞうきん》掛けをしていた。

奥から女将が出て来たので、栄次郎は声をかけた。

「あら、矢内さま」

女将が近付いて来た。

「ちょっと前に、与力の芝田さまがお見えになって、塚本源次郎が見つかったと知らせに来ました」

「そうでしたか。どんなことを仰っていましたか」

「錺職人の冬二と名乗っていたそうですね。賊が言うように、二十八歳で、鼻筋の通った引き締まった渋い顔付きだと」

「また、お客さんもその話でもちきりになるかもしれませんね」

栄次郎は言ったあとで、

「女将さん。お客さんに何かきかれたら、なんでも話してあげてください」

「ええ。芝田さまからもそう言われました」

栄次郎と女将のやりとりを、おときが拭き掃除の手を休めて聞いていた。栄次郎はおときに、目顔で挨拶を交わした。

女将が外へ出て行ったあと、栄次郎はおときに今日来る客に注意をするように頼み、土間を出た。

栄次郎は浜町堀を越え、江戸橋を渡って本材木町《ほんざいもくちょう》三丁目と四丁目の境にある大番屋にやって来た。

戸を開けて中に入る。芝田彦太郎が同心と語らっていた。

「矢内どのか」

彦太郎が顔を向けた。

「冬二さんは」

「奥だ」

「会ってきていいですか」

「ここに呼び出そう」

彦太郎は番人に声をかけた。

冬二がやって来て、莚の上に座った。罪を犯した者の扱いと同じだ。

「賊を欺《あざむ》くためには仕方ない」

彦太郎は弁明する。

「すみません。酷い目に遭わせて」

栄次郎は冬二に詫びた。

「いえ、なんとも思っていませんよ。人質を助けるためですからね」

冬二は落ち着いた声で言う。

「ありがとうございます」

「それより、早く賊が動いてくれることを願うばかりです」

「瓦版に出るのは早くて今日の夕方か。明日には、賊から何か言ってくるはずだ」

彦太郎は続ける。

「塚本源次郎を殺すことが賊の狙いだとしたら、本物かどうかを確かめるまでは殺しはしないだろう」

「乗り掛かった船です。なんとかやってみます」

冬二は悲壮な覚悟で言い、仮牢に戻った。

「芝田さま。ちょっとお願いが」

栄次郎は彦太郎に声をかけた。

「ひと月ほど前、『木曽屋』の押込みが庭まで入って鳴子に驚いて逃げ出したという騒ぎがあったそうです」

「それが？」

「念のために、その騒ぎと今回の事件の関連を調べてみようかと思いまして」

「何か根拠があるのか」

「ただ、考えられることを潰しておきたいだけなのですが」

「聞こう。考えられることとは？」

「はい。『木曽屋』の跡取りの清吉には清助という弟がいます。ふたりは腹違いです。清吉は先妻の子で……」

事情を説明し、

「今の内儀は自分の子の清助を跡取りにしたいようなのです。だから、今度の事件は内儀にとっては……。憶測だけでは何も言えませんが」

彦太郎は察して、

「人質の清吉が殺されたら、『木曽屋』の跡取りは清助になるということか」

「はい。そこでひと月前の押込みが気になるのです」

「よし、深川の掛かりは玉井重四郎《たまいじゆうしろう》だ」

「はい。玉井さまとは面識があります。ですから、話を通していただければ」

「わかった。わしもいっしょに話を聞きたい。玉井をここに呼ぼう。半刻（一時間）後にここで」

「わかりました」

栄次郎は大番屋を出た。空に秋の雲が出ていた。

高砂町の万兵衛店に行った。音吉の部屋に行ったが、やはり帰った形跡はなかった。湯呑みが隅に置いてあるままだ。

妙だ、と思った。これほど長く留守にするとは考えられない。何かあったのではないか。胸騒ぎを覚えながら部屋を見まわし、湯呑みに手を伸ばした。匂いを嗅いだが、微かに腐ったような匂いがした。

ふと、背後にひとの気配がした。

振り返ると、小肥りの男が立っていた。

「私は大家です」

「矢内栄次郎と申します。音吉さんの知り合いです」

「音吉はしばらく帰っていないんです。おまけに、冬二の騒ぎ」

大家は深刻そうに顔を歪めた。

彦太郎は大家にもほんとうのことを告げていないようだ。

「失礼ですが、矢内さまは音吉とはどのようなご関係で?」

「長唄の杵屋吉右衛門師匠の兄弟弟子です。一年前に破門になり、その後消息がわからなかったのですが、先日再会しました」

師匠に詫びを入れるということになった話をし、

「ところが師匠のところに行くという日に急用が出来たということで現れませんでした」

「そうでしたか」

大家は表情を曇らせ、

「この長屋には口入れ屋の主人が請人《うけにん》になってやって来ましたが、請人もあまりよく音吉のことを知らなかったのです」

「それではほんとうの請人ではないのでは?」

「そうですね。でも、本人も生真面目そうでしたし」

「音吉さんのところに訪ねて来るひとはいませんでしたか」

「いえ、私はわかりません」

「家賃はちゃんと?」

「ええ。といってもまだひと月ですが」

「音吉さんは、ここに来る前までどこにいたか話していましたか」

「上州だと言ってました」

「そうですか」

大家は土間から部屋を眺め、

「音吉は本気で師匠に詫びを入れようとしていたのでしょうか」

と、きいた。

「本気だったと思っています」

栄次郎は音吉を信じた。

大家と木戸口までいっしょし、栄次郎は長屋をあとにした。

いったい、音吉はどこに行ったのか。栄次郎は不安を募らせたが、大番屋に戻る約束の刻限まで間があるので、薬研堀に足を向けた。

『船幸』に近付くと、格子縞《こうしじま》の着物に博多献上帯《はかたけんじようおび》を締めて長身の男が土間から出て来た。栄次郎の顔を見ると、一瞬足を止めたが、すぐ会釈をして脇を通りすぎて行った。

栄次郎を知っているのか。すぐ『船幸』の土間に入る。

おときがいたので、近付いた。

「おときさん」

「矢内さま」

「今、格子縞の着物の長身の男とすれ違いましたが、どなたですか」

「読売のひとです」

「読売？　瓦版屋ですか」

「はい。賊が押し入った次の日も見かけました」

「塚本源次郎のことで？」

「はい。奉行所から知らせが入ったのかときいていました」

「そうですか。瓦版屋ですか」

ならば、顔を見ていたかもしれないと、栄次郎は合点した。

今のところ、気になるような客は来ていないようだ。栄次郎はすぐ薬研堀を離れ、大番屋に戻った。

大番屋の前で男がわめいていた。

「だめだ」

番人が拒んでいる。

「どうかしたのですか」

栄次郎は番人にきいた。

「塚本源次郎に会わせてくれとしつこいのです」

「あなたは？」

栄次郎は男にきいた。

「あっしは読売の者です。明日の瓦版に、塚本源次郎が捕まったことを報じるにあたり、一目会ってみたくて。じゃないと、ほんとうに塚本源次郎が見つかったかどうかわからないではないですか」

そこに芝田彦太郎がやって来た。

「芝田さま」

栄次郎は瓦版屋の男の申し出を伝え、

「信憑性を持たせるためにも遠くからでも会わせたほうが」

と、勧めた。

「よし」

彦太郎は瓦版屋の男に向かい、

「少しだけだ」

と、中に入れた。

「へえ、ありがてえ」

男は大番屋に入って行った。

すぐに、男は追い出されるように外に行った。

去って行く男を見送りながら、

「芝田さま、誰かにあの男のあとを。もしかしたら、賊の一味が塚本源次郎を確かめに来たとも考えられます」

「よし」

彦太郎は小者を呼び、あとをつけるように命じた。

「では」

小者は男を追った。

大番屋に入って待っていると、大柄の四角い顔をした玉井重四郎と鬢《びん》に白いものが目立つ岡っ引きの安蔵《やすぞう》がやって来た。

「お待たせいたしました」

重四郎は太くて短い眉を向けて言った。目尻に皺《しわ》が多いが、三十代半ばだ。

「そなたは確か矢内……」

「はい。矢内栄次郎です」

栄次郎が挨拶をすると、重四郎もあわてて頭を下げた。以前に会ったとき、栄次郎が筆頭与力崎田孫兵衛と親しいと知り、重四郎は急に態度を変えた。栄次郎はそのことを思い出した。

四

大番屋の座敷で向かい合ってから、栄次郎は切り出した。

「ひと月前、材木問屋『木曽屋』に押込みが入ろうとしたそうですね」

「ええ。『木曽屋』から訴えがあって、安蔵が調べました」

重四郎が答える。

「『木曽屋』の誰から訴えがあったのでしょうか」

「倅の清吉が自身番に駆込んだのです。それで、あっしが『木曽屋』に駆けつけました」

安蔵が答える。

「庭に鳴子が仕掛けてあったそうですね」

「ええ。旦那の清兵衛が用心深く、毎夜、庭に鳴子を張り巡らせていたそうです。押込みの連中はそのことを知らずに侵入したんです」

「賊はどこから忍び込んだのですか」

「裏口の閂を掛け忘れていたようです」

「掛け忘れていたというのは確かなんですか」

「いえ、清吉は否定していました。ちゃんと確かめたと」

「もし、それが正しければ、内部の者が閂を外したということになりますね」

「ええ、そう言ったら、内儀が中の者が手引きするはずないと不快そうに言い、清兵衛もそうだと頷いたので、清吉もそれ以上は黙ってしまいました」

「では、中の者を調べることはなかったのですか」

「いえ、下男をはじめ奉公人に話をききましたが、怪しい者はおりませんでした」

「家族は？」

「家族の者が押込みを手引きするとは考えられませんので」

「そうですね」

押込みではなく、押込みに見せかけて清吉を殺そうとしたのなら、家族の誰かが……。

「ただ、下男が妙なことを言ってました」

「どんなことですか」

「庭の暗がりから清助が出て来るのを見たというのです」

「清助が閂を外すわけがないので、見間違いだろうということになりましたが」

「そのことは清助に確かめたのですか」

「いえ。ほんとうに押込みがあったのならともかく、何事もなかったので」

「そうですか」

栄次郎が間を置くと、彦太郎がきいた。

「清吉と清助の兄弟仲はどうなのだ？」

「兄弟仲ですか」

安蔵は首を傾げた。

「母親が違うそうではないか」

「ええ、清助は後添いの子です」

「内儀は我が子の清助を後継ぎにしたいのではないか」

彦太郎はずばりときいた。

「まさか、清助が清吉を押込みに見せかけて殺すためにと……」

安蔵は驚いたようにきいた。

「いや、それはないと思います」

重四郎が口をはさんだ。

「どうしてだ？」

「押込みは鳴子に足を引っかけているからです。もし、清助が手引きしたのなら鳴子のことを教えていたはずです」

「それもそうだな」

彦太郎は素直に頷いた。

「旦那」

安蔵が重四郎に遠慮がちに、

「じつはあの夜は、清吉は鳴子をいつもと違うように仕掛けたと言ってました」

「なに。いつもと違うように？」

「へえ、清吉はその理由にたまには仕掛けを変えたほうがいいと思ったと言ってました」

「清吉が変えたことも気になるが、変えたことで賊が引っ掛かったとしたら、やはり清助が……」

　彦太郎の目が鈍く光った。

「芝田さま。そのことが今になって何か」

　重四郎が不安そうにきいた。

「今回の人質の中に、清吉が入っているのだ。このまま、塚本源次郎が見つからなければ、今度は清吉が犠牲になるかもしれない」

「…………」

「塚本源次郎を探せというのは人質を殺す口実ではないかという疑いもある。清吉が殺されたら、『木曽屋』の代を継ぐのは清助だ」

「清助が黒幕……」

　重四郎は絶句した。

「まだ、そうだと決まったわけではありませんが、念のために調べたほうがいいと」

　栄次郎は言ってから、

「木場周辺、あるいは深川で、押込みに入られたところはありましたか」

　と、きいた。

「いや。ない」

重四郎は首を横に振った。

「すると、ひと月前の『木曽屋』だけですか」

「そうだ」

「この件をもう一度調べ直すのだ」

彦太郎が重四郎に命じた。

「わかりました。行こう」

安蔵に声をかけ、重四郎は大番屋を飛び出して行った。

入れ代わって、瓦版屋をつけて行った小者が戻って来た。

「人形町にある瓦版屋に入って行きました」

「賊の一味ではなかったようだな」

彦太郎は呟き、

「賊が動くのは明日だ」

と、自分自身に言い聞かせるように言った。

栄次郎は奥の仮牢を見た。冬二が目を閉じて腕組みをしたまま壁に寄り掛かっていた。何を考えているのか。

仮牢という特殊な場所にいるせいか、冬二の姿が孤独そうに映った。そういう目で見れば、どこか愁いに満ちている。

改めて、冬二はどのような生き方をしてきたのかが気になった。

見かけからも気っ風《きっぷ》からも、そして錺職人だということもあって女にはもてるだろう。好きな女はいないのか。

一度、冬二の部屋を覗いたが、女っ気はなかった。なんらかの事情で、好きな女と死に別れでもしたか。

自棄《やけ》にもなって、今度の危険な役目を引き受けたのではないか。そう思うと、切なくなった。

「明日、また顔を出します」

栄次郎は彦太郎に挨拶をして大番屋を出た。

栄次郎は浅草黒船町のお秋の家に行った。

三味線の稽古がなかなか出来ない。栄次郎は三味線を抱え、撥《ばち》を握ったが、途中で音が止まった。

栄次郎の欠点であった。何か他に気がかりなことがあると、三味線に集中出来ないのだ。師匠からもよく指摘される。

もう一度深呼吸をして頭を空《から》にし、三味線に向かった。今度は何曲か続けて弾いたが、ふいに撥が動かなくなった。

部屋の中が薄暗くなっていた。

「失礼します」

襖が開いて、お秋が入って来た。

行灯《あんどん》に火を入れたあと、三味線を抱えたままぼんやりしている栄次郎を見て、

「どうなさったのですか」

と、きいた。

「ちょっと考えごとをしていました」

「まあ」

お秋は驚いて、

「三味線を抱えたまま考えごとなの？　栄次郎さんにしては珍しいわねえ」

「そうですね」

栄次郎は苦笑するしかなかった。

気になることが多過ぎる。もっとも大きなことは人質事件だが、その他にも音吉のことがある。それに、冬二のことも……。

「今夜は旦那が来ますよ」

「そうですか。ご挨拶をして引き上げます」

「じゃあ、あとで呼びにきます」

お秋が部屋を出て行った。

栄次郎は三味線を片づけ、窓辺に寄った。

大川が薄闇に包まれようとしていた。最終の渡し船が川の真ん中に出ていた。

音吉はどうしたのだろうか。何日も帰っていないのだ。何か事件か事故に巻き込まれたのではないか。

自ら姿を晦《くら》ますことはないはずだ。

師匠の弟子に復帰し、また長唄をやりたいと言った気持ちに嘘はなかったはずだ。

それなのに、他のことに目が向いたのか。他のこととは博打《ばくち》だ。やはり、まだ博打と縁が切れていなかったのか。

やはり、賭場《とば》で何かあったのではないか。どこの賭場に行っているのかは冬二も知らない。誰にも賭場のことは話していないようだ。

川風をずっと受けていて、だいぶ涼しくなってきた。

それから四半刻（三十分）後に崎田孫兵衛がやって来たので、栄次郎は帰り支度をして階下に行った。

いつものように、孫兵衛は長火鉢の前でくつろいでいた。

「栄次郎どの。さあ、一杯」

「では、一杯だけ」

栄次郎が猪口《ちょこ》をつまむと、お秋が銚釐《ちろり》から酒を注いでくれた。

「旦那も」

お秋は孫兵衛の猪口にも注いだ。

「いただきます」

孫兵衛に猪口を掲げ、栄次郎は口に持っていった。

「そなたのおかげでだいぶ探索も捗《はかど》っている。礼を言うぞ」

「とんでもない。好き勝手なことを言っているのを、芝田さまがうまく捌《さば》いてくれているのです。私のような部外者の考えをよく聞いてくださいます」

「そうだ。それがあの男のいいところだ。正しいと思えば他人の意見でも素直に従う。態度にちょっと横柄なところがあるがな」

孫兵衛は苦笑した。

「偽の塚本源次郎を用意するというのはそなたの考えだそうだの」

「ええ、まあ」

「冬二という男を勧めたのもそなたか」

「はい。奉行所に適任の者がいないというので」

「町の者を危険な目に遭わせて万が一のときはどうするのだという反対意見があったが、芝田彦太郎はすべて自分が責任を負うと言った」

「芝田さまが」

「そうだ。あの男はすべて自分の責任においてやるのだ。立て籠もりが起きたときも、芝田彦太郎はあくまでも検使の役割で、現場は同心たちがやるのだ。思いがけぬ展開になり、あの者はみずから志願してきた。自分に指揮をとらせてくれとな」

孫兵衛は目を細め、

「与力になったのが遅かったこともあるが、三十歳にもなっていまだに当番方だ。そもそも当番方は新任の与力が就く役目。これまで不遇に甘んじていたが、この機会に手柄をとらせてやりたい。それで栄次郎どのの手を借りることにしたのだ」

孫兵衛は急に真顔になって、

「どうか最後まで手を貸してやってもらいたい」

「もちろん、そのつもりです」

栄次郎ははっきりと答えた。

しばらく孫兵衛の酒につきあい、頃合いを見て、栄次郎は腰を上げた。

湯島の切通しから加賀前田家《かがまえだ》の屋敷の横を過ぎて本郷の屋敷に帰った。兄は部屋にいるようだった。

自分の部屋で着替えてから、栄次郎は兄の部屋に行った。

「兄上、よろしいでしょうか」

「入れ」

「失礼します」

栄次郎は襖を開けて部屋に入った。

「どうした?」

向かい合ってから、兄が口を開いた。

「織部さまから会いたいという申し入れがあったようです」

「そうか」

「お容どののことでありましょう。はたして、お会いしていいものかどうか」

「栄次郎はどうしたいのだ?」

「はい。どうせ、うまくいかないお話です。それなのに織部さまとお会いするのは気が引けます。出来ましたら、お会いせずに済ましたいのです」

「断るのか」

「申し入れを受けながら私のほうから断るのは失礼かと思います。望ましいのは織部さまに私と会うのを諦めてもらえれば」

　栄次郎は訴える。

「どうしろと？」

「お美津さまからお容どのに言い聞かせていただき、お容どのから織部さまに話を。矢内栄次郎は婿に向かないと聞けば、織部さまも私と会う必要はなくなります」

「お美津どのは無理だ。お容どのを説き伏せることは出来ない」

「なぜ、ですか」

「それは、お美津どのは、そなたとお容どののとのことに乗り気だからだ」

「…………」

　栄次郎は言葉を失った。

「そなたがお容どのを説き伏せるしかないな」

「私がお容どのに？」

「そうだ。そなたの知らないところで物事はだいぶ進んでいるようだ。この事態を打開するためにはそなたが動かなければだめだ」

「しかし」

「お容どのに直接断りを入れるか、織部さまにお話をするか。お容どのに自分は三味線の世界で生きていきたいとはっきり言うのだ」

「…………」

「そなたが人任せにしていると、話はどんどん進んでいく」

兄の言うとおりだ。今回の話は今までと違い、周囲が押し進めようとしている。栄次郎の気持ちをよくわかってくれているはずの岩井文兵衛からして様子が違うのだ。兄がいよいよ嫁をもらうことになって、栄次郎をこのまま放っておけないという気持ちになったからか。

「わかりました」

栄次郎は覚悟を決めた。

「お容どのに会ってみます」

「それがいい」

兄は含み笑いをし、

「お美津どのに頼んでおく」

「よろしくお願いいたします」

栄次郎は頭を下げて自分の部屋に引き上げた。

また気の重いことが増え、栄次郎は嘆息するしかなかった。

五

翌朝、栄次郎は大番屋に顔を出した。

仮牢にいる冬二と格子越しに言葉を交わしたが、冬二の様子は何も変わらなかった。

ただ、髭《ひげ》がだいぶ伸びていた。

「いかがですか」

「ええ、だいじょうぶです」

「すみません。こんな目に遭わせてしまい」

「人質を助けるためですから」

冬二は人質のことを気遣った。

戸を開けて、芝田彦太郎が入って来た。手に瓦版を握っていた。

人質事件で賊が名を上げた塚本源次郎が大番屋に閉じ込められていることが記されていた。

栄次郎は瓦版を受け取った。

「日本橋で売っていた」

「賊の目に触れるだろう」

彦太郎は緊張した声を出した。

「賊は何か訴えてくるだろうか」

「きます、必ず」

栄次郎は言い切った。

塚本源次郎のことが人質を殺す口実だった場合でも、これで口実はなくなる。容易に人質を殺せないはずだ。

「塚本源次郎のことがほんとうだったか、偽りだったか。いずれにしても、塚本源次郎の引き渡しを求めてきます。そのときが勝負です」

もし、清吉を殺すことが目的だったら。塚本源次郎が偽者だと騒ぎ、その制裁で清吉を殺すという動きに出るに違いない。

「私は黒船町の家におります。動きがあったら、お知らせ願えますか」

「わかった」

栄次郎は大番屋を出て、浜町堀に向かった。

高砂町の長屋木戸をくぐった。念のために、音吉の家を覗いたが、やはり帰っていない。木戸まで戻り、大家の家を訪ねた。

履物屋をやっている。店番の若い女が大家を呼びに行った。

大家はすぐに出て来て、

「どうぞ、お上がりください」

と、勧めた。

「失礼します」

腰から刀を外し、右手に持ち替えて、栄次郎は店に隅から上がった。

小部屋に通されて、向かい合った。

「音吉さんはやはり帰っていませんね」

栄次郎は口にした。

「ええ、自身番に届けました。何かあったに違いありません」

大家は深刻そうな顔で言う。

「音吉さんに何があったか、想像も出来ませんよね」

「ええ。まったくわかりません」

大家はため息をつき、

「隣り同士のせいか、音吉は冬二と親しくしていると思っていましたが、冬二は何も知らないのですね」

「ええ。会えば口をきく程度だったそうです。音吉さんはいろいろ考えることがあって、あまり他人とは交わりたくなかったのでしょう」

「昔からあんな感じでしたか」

「いえ、以前は軽口をよく言ってました」

「今の音吉からは想像出来ません」

大家は眉根を寄せて言う。

「冬二さんのことですが、半年前にこの長屋にやって来たんですね」

「そうです」

「冬二さんのことは詳しくご存じですか」

「家賃をもらいに行ったとき、いろいろ話してくれました。孤児だった冬二を、芝露《しばろ》月町《げっちょう》の錺職人の親方が拾って、内弟子にして育ててくれたそうです」

「孤児だったのですか」

「ええ。ちょっと暗い翳があるのはそんな生い立ちのせいかもしれません」

「ここに来る前は芝のほうに？」

「そのようです。何があってここに引っ越してきたのかは話してくれませんでしたが」

「何かあったようですか」

「ええ。詳しくは語りたがりませんが、好いた女が亡くなったようなことを言っていたので、それが芝を離れたわけかもしれません」

「死んだ女のことを忘れるためにですか」

「ええ」

「冬二さんを訪ねて来るひとはいましたか」

「そういえば、冬二にも訪ねて来る者はいなかったようだ」

「そうですか」

「で、冬二はほんとうに塚本源次郎という男だったんですか」

大家は不安そうにきいた。

「奉行所のほうはなんと？」

「何も。あとで詳しく話すというだけで」

「そうですか」

「塚本源次郎って、お侍さんじゃありませんか。冬二が侍だったとは思えない」

大家は言い切ってから、

「矢内さまは何かご存じなのでは？」

「いえ、私も……」

栄次郎は曖昧に首を横に振った。

そのとき、店先に駆込んで来た男がいた。

「大家さん」

「はい。ちょっと失礼」

大家は立ち上がって店先に出た。

「これは自身番の……」

大家の声が聞こえる。

「大家さん、たいへんだ、男が首を吊って死んでいた。死んで何日も経っているので、どうも、お訊ねの店子《たなこ》じゃないかって……」

栄次郎もあわてて店先に出て行った。

「どこですか」

「長谷川町《はせがわちょう》の空き家です」

「空き家？」

「半月前に住人が引っ越して行って空き家になっていた家です。今、奉行所が調べています」

「矢内さま、行ってみましょう」

大家はうろたえたように言った。


栄次郎は大家とともに長谷川町の空き家に駆けつけた。

戸口にいた岡っ引きに大家がわけを話し、いっしょに家に入った。一階の奥の六畳間に男が倒れていた。

大家が顔を覗いた瞬間、音吉と叫んだ。栄次郎も顔を確かめた。音吉に間違いなかった。定町廻り同心が声をかけた。

「音吉か」

「さようです。高砂町の万兵衛店に住む音吉です。私は大家の……」

大家が答えている間、栄次郎は合掌して音吉の顔をじっと見つめた。舌をちょっと出して、苦しそうな顔で死んでいた。首には帯状の痣《あざ》が残っていた。他には傷はなさそうだ。

「音吉さん、いったい何があったんですか」

栄次郎は声をかけた。

「あなたはもう一度長唄をやり始めるつもりだったのでしょう」

栄次郎は立ち上がって、

「どうやって死んでいたのですか」

と、同心にきいた。

「この鴨居《かもい》に帯が掛かっていました。踏み台が倒れていたので、踏み台に乗って帯に首をかけ、踏み台を蹴ってどかしたのでしょう」

「自害でしょうか」

「そうだと思います」

「他人が首吊りに見せかけたという形跡は？」

「これから調べますが、ホトケに抵抗したあとはありません」

「しかし、音吉さんが自分で死ぬ理由はないはずです」

栄次郎は言い切ったあとで、はっとした。自分は音吉について何も知らないのだ。

そこまで言い切れるはずはない。

「でも、自害にしてもなぜ、この場所で……」

「空《から》の徳利と湯呑みが部屋の隅にありました。ホトケはここで長い間逡巡していたのかもしれません。最期はいっきに酒を呑んで勢いに任せて」

「………」

栄次郎はやりきれなかった。

「誰が見つけたのですか」

「この家の大家です。新しい借り手を案内して、鴨居から吊り下がる男を見つけたということです」

借り手が現れなかったら、まだ音吉は発見されていなかったのだ。

もう一度、音吉の顔を見て、

「なぜ、死んだんだ」

と、栄次郎は責めた。悩みがあるなら、なぜ打ち明けてくれなかったのか。しかし、ほんとうに自害なのか。

栄次郎は部屋の中を見まわした。争ったような跡はなかったが、まだ自害ではないという疑いは消えなかった。

師匠の家に詫びに行く日、音吉は急用を理由に待ち合わせの鳥越神社に現れなかった。その急用が気になる。

「あとで、ホトケを連れに来ます」

大家は同心に言い、その場を離れた。

栄次郎も大家といっしょに空き家を出た。

「もしやと思っていましたが、まさか首を吊っていたとは」

大家は憤然と言う。

「私は自害が信じられません」

栄次郎は思わず拳を握りしめた。

「長屋で、お弔いを出します。よかったら、顔を出してやってください」

「もちろんです」

栄次郎は大家と別れ、再び大番屋に行った。


大番屋に入り、冬二の警護をしている同心に頼み、冬二に会わせてもらった。

栄次郎が声をかけると、冬二が格子まで近寄って来た。

「冬二さん、音吉さんが見つかりました」

栄次郎は声をかけた。

「見つかった？　どこにいたのですか」

「長谷川町の空き家です」

「空き家？」

音吉さんは首を吊っていました」

冬二は怪訝な顔をした。

「今、なんと？」

冬二の顔色が変わった。

「自害していたのです」

「なんてこった……」

冬二は顔を手でこすった。

「でも、音吉さんが自分で死んだとは信じられないのです。何者かに殺されたのではないかという疑いが消えません。私に師匠との仲直りの仲介を頼んだのです。長唄をやりたかったのです。そう思っている者が死ぬでしょうか」

「そうですね」

冬二はふと何かを思い出したように、

「じつは気になっていたことがあるんです」

と、口にした。

「なんですか」

「何度か、夜中に音吉さんの部屋から空咳《からせき》が聞こえてきたことがあったんです」

「空咳？」

「次の日の朝、音吉さんに会ったとき、咳のことをきいたら風邪を引いたのかもしれないと言ってました」

「…………」

「それから、音吉さんの部屋に行ったとき、鼻をつくような匂いを感じました」

「鼻をつくような匂いですか」

栄次郎は部屋の片隅に置いてあった湯呑みを思い出した。

「薬を煎《せん》じていたのかもしれません」

「薬ですって」

「音吉さんは体に不調を感じていたんじゃないでしょうか。いえ、だからって、自ら死を選ぶ理由とは思えませんが」

「薬ですか」

栄次郎は呟く。

「今夜が通夜ですかえ。ここにいたんじゃ線香を上げに行けません」

「冬二さんの分も上げてきます」

「へえ、お願いいたします」

栄次郎は仮牢から離れた。

大番屋を出ようとしたとき、芝田彦太郎がやって来た。

「矢内どの。ここにいたか」

彦太郎は少し興奮していた。

「何かありましたか」

「『船幸』に賊からの投げ文があった。女将が自身番に渡し、わしのところに届いた」

「なんといってきたのですか」

「明日の夜、塚本源次郎と人質を交換すると。これだ」

彦太郎は文を寄越した。

「これだけですか。場所は書いていませんね」

「明日、知らせるつもりなのだろう。明日、『船幸』の近くに見張りを置く。投げ文の主を尾行するのだ」

「なぜ、『船幸』に投げ文をしたのでしょうか」

『船幸』の船を使わせるつもりではないのか」

「なるほど。冬二さんを船でどこぞに連れ出すのですね」

彦太郎は番人に冬二を連れて来させた。

「冬二、賊から連絡がきた。明日の夜だ」

「わかりました」

冬二は厳しい顔で頷く。

「賊は塚本源次郎の顔をよく知らないにしても、本人かどうか確かめる手立てが何かあるのかもしれません。体の特徴なら、そのことを告げているはずです」

栄次郎は慎重に続ける。

「おそらく、塚本源次郎なら当然知っていることを問いかけてくるかもしれません」

「そしたら、すぐ見破られてしまうではないか」

彦太郎が焦ったように言う。

「口を利かないことです」

「しかし、そんなに長くは保《も》つまい」

「はい。それまでに人質を交換出来るかどうか。いずれにしろ、私が冬二さんといっしょに取引場所に行きます」

「危険だ」

「冬二さんを守るのは私の役目です」

栄次郎は勇んで言う。

「矢内さま、あっしは逃げ足には自信があります。いざとなればあっしは逃げ出しますので、あっしに構わずに」

冬二は厳しい顔で言う。

「ええ、いざとなったら私に構わず逃げてください」

栄次郎は冬二に諭《さと》した。

「へえ」

「ただ、塚本源次郎なんて最初からいないということもあり得ます。その場合、交換時に人質の清吉を殺してしまうかもしれません」

「玉井重四郎の『木曽屋』の探索も今日中には終わるはずだ。内儀と清助が企んだことなら、一気に賊に迫ることが出来よう」

彦太郎は期待を滲ませた。

「芝田さま。賊の隠れ家のほうの探索はいかがですか」

「寺島村の廃屋になった百姓家や荒れ寺を調べているが、まだ手応えはない。だが、その方面に隠れ家があるのは間違いないはずだ。きょうもそっちを探索している」

彦太郎は言ったあとで、

「いずれにしろ、明日、賊がどのような指示を出してくるかだ。それによって我らの態勢を考えることにする」

彦太郎は厳しい顔で言った。

勝負は明日だということで、栄次郎は大番屋を引き上げた。


その夜、栄次郎は高砂町の音吉の家に行った。

大家が取り仕切って、通夜が営まれた。長屋の者が集まって来た。浄土宗の僧侶が読経をして引き上げたあと、酒が振る舞われた。

「あんまり口を利いたことはなかったが、こうなると可哀そうでならねえな」

職人の男が酒を呑みながら呟く。

「まさか、自害だとはな」

隠居ふうの年寄りが言う。

「病《やまい》を苦にしたのかもしれねえな」

職人の男がしんみり言う。

空咳をしていたという冬二の話を思い出して、栄次郎はきいた。

「音吉さん、病に罹《かか》っていたのですか」

「ええ。米沢町の薬種屋から出て来るのを見たことがあります」

体を壊していたのだろうか。しかし、そんなに悪そうには思えなかった。

「音吉さん、何があったんですか」

栄次郎は座棺の前で、音吉に思わず声をかけた。

第三章　隠れ家

一

翌朝、栄次郎は米沢町の薬種屋に行った。ちょうど暖簾《のれん》をかけたばかりだった。

「ちょっとお訊ねしたいのですが」

と、栄次郎は番頭らしい男に声をかけた。

「高砂町の万兵衛店に住む音吉というひとがこちらで薬を買いもとめていたと聞きました。音吉さんを覚えているでしょうか」

「さあ」

「小柄で痩せていました。二十八歳ですが、老けて見えたかもしれません」

「そのひとが何か」

「亡くなりました」

「お亡くなりに……」

番頭は表情を曇らせ、

「そうですか。じつは、そのようなお方がやって来たのを覚えています」

と、口にした。

「どんな薬を買っていたのか教えていただけませんか」

「大声が出せないと言ってました。それで、喉《のど》にいい漢方薬をお作りしました」

「大声が？」

「ふつうに話す分には問題ないそうですが、声を張り上げると喉に痛みが走るそうです」

声が出なくなった……。栄次郎はやりきれなくなった。

「わかりました」

礼を言い、栄次郎は薬種屋を出て、浅草御門を抜けて元鳥越町の師匠の家に行った。

今日は稽古日ではないので、土間に入り、

「ごめんください。吉栄です」

と、栄次郎は奥に向かって声をかけた。

内弟子の若い男が現れた。

「師匠、いらっしゃいますか」

「ちょうどよございました。これからお出かけになるところでした」

「じゃあ、あわただしいですね」

「ちょっとお待ちください。きいてきます」

若い男は奥に行った。

すぐ戻って来て、

「少しぐらいならだいじょうぶだそうです。どうぞ」

「では」

栄次郎は腰の刀を外した。

稽古場のいつもの見台《けんだい》の前に座ったとき、師匠が部屋に入って来た。羽織姿だ。

腰を下ろすのを待って、

「お出かけのところを申し訳ありません」

と、栄次郎は詫びた。

「構わない」

「師匠。音吉さんが亡くなりました」

「亡くなった？」

　師匠は目を見開いた。

「きのう、首を吊って亡くなっていたのが見つかりました。死んだのはもっと前です」

「なぜ、首を……」

「本人から聞くことが出来ないので憶測でしかありませんが、病に罹って生きることに自信を失くしたのではないかと」

「病？」

「はい、喉に不調があったそうです。声を張り上げると喉に痛みが走ると。つまり、音吉さんはもう唄うことが出来ないと絶望したのではないでしょうか」

「…………」

「もう一度やり直したいと私には言っていましたが、音吉さんはそれが無理だとわかっていて、あえて私の前に現れたのではないかと」

　師匠は腕組みをして目を閉じた。

「長唄の音吉として死んでいきたかったのかもしれません」

　栄次郎はしんみり言う。

師匠は腕組みを解き、目を開けた。

「音吉が本気で戻る気があるなら許すつもりだった。博打《ばくち》のために身を滅ばしたが、自分の愚かさに気づき、必死で再起を図ろうとしていたのだろう。だが、声が出なくなって唄えなくなった……」

師匠はため息をつき、

「最期に、再起を図る気持ちを吉栄さんに伝えておきたかったのだろう」

と、沈んだ声で言う。

「お弔いはいつだ?」

「今日の昼過ぎです」

「場所は?」

「長屋は高砂町の万兵衛店です。師匠、行かれるのですか」

「私の弟子として送ってやろう」

「師匠、ありがとうございます」

栄次郎は深々と頭を下げた。

音吉の弔いを終え、栄次郎は大番屋に急いだ。そろそろ夕七つ(午後四時)になる頃だった。

　大番屋に着き、戸を開けた。

「遅かったな」

　芝田彦太郎が声をかけてきた。

「申し訳ありません」

　栄次郎は頭を下げ、

「賊からは？」

　と、きいた。

「まだだ。『船幸』を見張らせている者からも何の連絡もない」

「遅いですね」

「それより、『木曽屋』の内儀と清助のことがわかった。今、話を聞いていたところだ」

　彦太郎の前には玉井重四郎と安蔵がいた。

「もう一度、はじめから話してくれ」

　彦太郎が重四郎に言う。

「はっ」

重四郎は改めて栄次郎に顔を向け、

「ひと月前の押込みの件で内儀と清助を問いつめましたが、とぼけているばかりでした。それで、今回の人質事件もそなたたちの関与の疑いがある。もし、清吉が殺されたら、そなたたちの仕業《しわざ》だと考えざるを得ないと」

重四郎は栄次郎と彦太郎の顔を交互に見つめ、

「その脅しが効いたのか、内儀が急に泣き声になって、白状をはじめました。やはり、ひと月前の押込みは内儀と清助が仕組んだと認めました」

「で、今回のは？」

「まったく知らないと」

「内儀と清助は関わっていないというのですか」

栄次郎は確かめる。

「そう言っています」

「で、ひと月前の押込みは誰を使ったのですか」

「清助とつるんでいる仲間です。門前仲町《もんぜんなかちょう》の地回りで、権蔵《ごんぞう》と重助《じゅうすけ》という男だというので、ふたりから話を聞きました。ふたりは金をもらい、清吉を殺そうとしたと、あっさり白状しました。

「今回の件と関係ないというのはほんとうでしょうか」

「ほんとうのようです。清助が言うには、あとで清吉に問い詰められたそうです。清吉が鳴子の仕掛けの場所を変えたのは、清助に不審を持っていたからのようです。まんまと引っ掛かったので、清吉は自分の睨んだとおりだと思ったようです」

　重四郎は息継ぎをし、

「清助はすべて白状し、二度とばかな真似はしないと約束をして許してもらったそうです。だから、今回の件は自分とは関係ないと」

「清助の言い分がどこまで真実か」

　彦太郎は疑い深く言い、

「内儀はどうだ？」

　と、きいた。

「内儀もひと月前のことは認めましたが、今回のことは否定しています」

「『木曽屋』の主人はなんと？」

「清吉から話をすべて聞いたそうです。その上でもう二度とばかなことはしないと約束したから許してやってくれと清吉に言われ、そのようにしたと。今回の件は、清助とは関わりないと思うと言ってました」

「矢内どのはどう思う？」

「やはり、関わりはないようです。今回も清助の仕業なら、十人ぐらいの一味に弱みを握られたことになります。後々、強請《ゆす》られることになります。清助はそこまで浅はかではないでしょう」

栄次郎は関係ないと思った。

「すると、もはや狙いは塚本源次郎しかあり得ないということか」

「そう考えざるを得ません」

栄次郎は改めて塚本源次郎のことを考えた。

賊にとって、塚本源次郎はなぜ重要なのか。人質事件を引き起こしてまで、塚本源次郎を探し出そうとした。何のためか。

塚本源次郎はもともと賊の仲間だった。何かの理由で一味から脱走した。たとえば、何か大事なものを盗んで。

つまり、塚本源次郎は裏切り者なのだ。だから、一味の者は必死に見つけ出そうとしている。

もし、大事なものを盗んだのならそれを取り返すことが先決だ。そう考えれば、塚本源次郎を引き渡したとしてもすぐには殺さない。拷問して、隠し場所を聞き出そうとするだろう。

栄次郎は自分の考えを述べた。

「大事なものか」

彦太郎は呟き、

「しかし、仲間だったとしたら、顔は知られているのでないか。冬二を見れば、別人だとすぐにわかってしまうのではないか」

「そこが不思議なのです。あのときの賊の言い方は顔を知らないように聞こえました」

「いや、それは受取りようだ。あの言い方は知っているようにも思える。一味だったとしたら当然顔を知っている」

「そうですね」

栄次郎はふっと息を吐き、

「やはり、顔を知られていると思っていたほうがいいですね。ただ、今は冬二さんは月代《さかやき》を剃らず、不精髭《ぶしょうひげ》も伸びています。一味からしたら、印象は違っているかもしれません」

「淡い期待かもしれぬ」

「はい。やはり、人質の交換時が勝負です」

栄次郎は思わず声に力が入った。

そのとき、戸に石ころが当たったような音がした。

はっとし、栄次郎は戸を開けて飛び出た。大通りのほうに駆けて行く男の後ろ姿が目に飛び込んだ。

「これは」

彦太郎が叫んだ。

栄次郎は振り向いた。彦太郎が戸障子を見ていた。文が貼り付けてあった。

「賊の指示ですね。塚本源次郎を五つ（午後八時）に『船幸』に連れて行け……。『船幸』から船に乗せるつもりでしょうか」

「やはり、『船幸』を利用しているのだ」

彦太郎は貼り紙を引きはがした。

栄次郎は仮牢の冬二のところに行った。

「賊から指示がきました。五つに『船幸』にということです」

「いよいよですね」

「賊の狙いは塚本源次郎から何かをきき出すつもりなのか、あるいは持っているものを取り上げるつもりなのか、わかりません。いずれにしろ、危険だと思ったら、何も考えず逃げてください。まず身の安全を」

「でも、人質の身が……」

「それは我らが考えます。自分のことだけ考えてください」

「わかりました」

「では、またあとで」

「あっ、矢内さま」

冬二は呼び止め、

「音吉さんのお弔いはいかがでしたか。長屋の者だけでは、寂しいお弔いだったんでしょうね」

「でも、師匠が野辺の送りにもついて行ってくれました。音吉さんも最期に師匠の許しを得て、喜んでいるのではないですか」

そう思わないとやりきれなかった。

外が暗くなって、彦太郎や同心たちが冬二を囲みながら薬研堀に向かった。栄次郎も一行のあとをついて行く。

夜道を行くものものしい一行を、行き交うひとは好奇と不審の目で見送った。その中に、賊の一味もいるはずだ。

やがて船宿の『船幸』にやって来た。

女将が彦太郎の前に駆け寄り、

「芝田さま。こんなものが投げ込まれていました」

と、文を渡した。

「塚本源次郎を向島の竹屋《たけや》の渡し場まで猪牙舟で寄越せ。『船幸』の船頭の松次《まつじ》と塚本源次郎だけだ」

彦太郎は文面を読みあげ、さらに読み続ける。

「他の舟や陸でのひとの動きも見張っている。不審な動きがあれば取引は中止する。人質の居場所は船頭に教える。船頭が戻るまで動くな」

彦太郎は読みあげたあと、

「これでは人質が帰って来ないかもしれぬ」

と、不満を口にした。

「誰か、舟を漕げるものに船頭を代わって」

同心が意見を述べた。

「だめだ。わざわざ『船幸』の船頭の松次と書いている。賊は松次の顔を知っているのだ」

　彦太郎は苦しそうに吐き捨てる。

「あっしならだいじょうぶです」

　冬二が口を出した。

「ここは賊の言うとおりにしたほうがいいと思います。人質が無事に救出された頃を見計らって逃げ出します」

「冬二さんは怖くないのですか」

　栄次郎は不思議に思っていたことをきいた。

「怖くないといえば嘘になりますが……」

　冬二は素直に言い、

「でも、死ぬことは怖くないんです」

「死ぬことは怖くない？」

「…………」

「どういうことですか。まさか、生きていても仕方ないと考えているので？」

「じつはあっしには所帯を持つつもりでいた女子《おなご》がいました。でも、不慮の事故で亡くなってしまいました。あっしはそれ以来、生きるってことに……」

「冬二さん、そんな考えはいけない。悲しみはわかります。でも、いつか新たな気持ちになります」

「矢内どの」

彦太郎が口をはさんだ。

「そろそろ行ってもらおう」

「へい」

冬二は頷《うなず》く。

彦太郎は猪牙舟のところに冬二を連れて行った。

三十前の船頭が待っていた。

「松次です」

女将が船頭を引き合わせた。

「松次、向島の竹屋の渡し場だ。冬二を下ろしたあと、賊の一味から文を預かるのだ」

「わかりやした」

「じゃあ、頼んだ」

松次と冬二は舟に乗り込んだ。

棹を使って舟を岸から離し、櫓《ろ》に変えて大川の真ん中に出て行った。

「追いかけたいが……」

彦太郎は悔しそうに舟を見送った。

栄次郎は辺りを見まわした。客らしい男が隣りの船宿に入って行った。河岸にもちらほらひと影が見える。

賊の一味がどこぞから見ていることは十分に考えられる。

やきもきした時が過ぎた。

両国橋をくぐって猪牙舟が岸に寄って来た。

「松次だ。ひとが乗っている。男と女だ」

仲間の船頭が叫んだ。

「なに」

彦太郎は川に目をやった。栄次郎も目を凝らした。やはり、男女が乗っていた。

「あっ、清吉さんとおさきさんです」

女将が喜びの声を上げた。

舟が船着場に着いた。他の船頭が猪牙舟を舫《もや》い、清吉とおさきが舟から上がった。

清吉は月代が伸び、口の周りを不精髭が覆っていた。

彦太郎がふたりに近付く。

「清吉におさきか」

「はい。さようでございます」

清吉が答える。

「どこか怪我は？」

彦太郎がふたりにきいた。

「だいじょうぶです」

清吉とおさきはほぼ同時に答えた。

「詳しい話を聞きたいが、明日にしよう。家の者にも早く安心させてあげたい」

彦太郎は女将に頼み、船を用意させた。そして、同心に付き添わせ、深川に向かわせた。

そのあとで、船頭の松次から話を聞いた。

「向島の竹屋の渡し場に賊が待っていたのか」

彦太郎はきいた。

「へえ。頭巾をした男が三人いました。ここに押し入った連中に間違いありません。人質のふたりもいっしょでした」

「人質は縛られていたのですか」

栄次郎はきいた。

「いえ、あっしが見たときは縛られていませんでした」

「冬二さんはどうしました？」

「舟を下りて、賊といっしょに土手に上がっていきました。残ったひとりが人質のふたりを解き放ちました。文を預かるように言われていますがときいたら、文は必要ないと」

「賊がどっちに向かったかわからないか」

「わかりません」

「ごくろうだった」

彦太郎は労《ねぎら》いの言葉をかけた。

栄次郎は冬二のことに思いを馳せて不安に襲われた。賊は本物の塚本源次郎だと思っているのか。それとも、偽者だと気づいているのか。

二

翌朝、栄次郎は芝田彦太郎とともに深川入船町の『木曽屋』を訪れ、客間で清吉から話を聞いた。

清吉は不精髭も剃り、さっぱりした顔をしていた。

「あの夜、『船幸』の庭から隣りの船宿の庭を通って外に出て、川っぷちに停まっていた船に目隠しをして乗せられました。半刻（一時間）近く経って、船を下り、しばらく歩いて一軒家に連れ込まれました」

清吉は思い出しながら言う。

「どの辺りか、わからぬか」

彦太郎がきく。

「わかりません。ただ、船から一軒家に向かうとき、土やこやしの匂いがしていました。近くに畑があったようです」

「賊は何人だ？」

「船に七人ぐらい乗っていたようです」

「隠れ家ではどう過ごしたのか」

奥の部屋におさきさんとふたりで閉じ込められていました」

「もうひとりの人質は？」

「土間のほうで柱に縛られていたようです。私たちは縄は掛けられていません。おさきさんに何かあってはと思い、賊の言うとおりにしていましたので、それほどの締めつけはありませんでした」

「飯や厠《かわや》は？」

「毎回、握り飯とお新香を。厠へは見張りつきで」

「特に乱暴な仕打ちを受けてはいないのか」

「はい」

「で、昨夜のことだが、隠れ家から歩いて向島の竹屋の渡し場まで連れて来られたのだな？」

「いいえ、船です」

「なに、船？」

「はい。目隠しをされて船に乗せられて向島の竹屋の渡し場に」

「船はどのくらい乗っていた？」

「四半刻（三十分）から半刻（一時間）の間ぐらいだと思います。最初は穏やかな動きで、そのうち大川に出たのでしょう、船は揺れました」

向島の竹屋の渡し場はあくまでも人質の交換の場所だ。支流から大川に出たとすると、北十間川《きたじっけんがわ》があるが、業平橋《なりひらばし》には船宿もあり、人目につきやすい。関屋《せきや》の里の綾瀬《あやせ》川《がわ》か。

栄次郎はそう考えながら、彦太郎と清吉のやりとりを聞いた。

「賊のことで何か気づいたことはないか。話し方に何か特徴は？」

「いえ」

「賊はいつもいつも頭巾をかぶっていたのか」

「はい」

「なんのために、あのようなことをしたのか、賊は何か言っていたか」

「いえ。何も。一度、塚本源次郎をなんのために探しているのかときいたのですが、何も答えてくれませんでした」

彦太郎は栄次郎に顔を向けた。

栄次郎は頷いてから、清吉にきいた。

「隠れ家にいる間、身の危険を感じたことはありますか」

「いえ。そこまで切羽詰まったことはありませんでした」

「隠れ家に連れ込まれたふつか後、もうひとりの人質が殺されました。気づいていましたか」

「いえ、知りませんでした」

「塚本源次郎がまだ見つからなければ、次に犠牲になるのは清吉さんかおさきさんだったかもしれません。そのような気配を感じたことは？」

「ありません」

栄次郎は釈然としないものがあった。賊は清吉とおさきに対して非道な振る舞いをしていない。

まさかと思いながら、栄次郎は口にした。

「賊は、清吉さんとおさきさんに対して接し方が穏やかなようですね。もっと酷い扱いを受けていると思っていましたが」

「そうですね。確かに、そういう感じはしました」

「賊と『木曽屋』さんの間で何か取引があったということはありませんか」

栄次郎は確かめる。

「そんなことはないはずです」

「ちょっと清兵衛を呼んでもらいたい」

彦太郎が厳しい顔で言う。

「少々お待ちください」

清吉は部屋を出て行った。

しばらくして、清吉が清兵衛を連れて戻って来た。

「今、清吉から聞きました。私が賊と取引などとんでもない。賊からは何も言ってきていません」

腰を下ろすなり、清兵衛は訴えた。

「間違いないな」

「もちろんです。仮にそうだったとしたら、金をとられたことになります。金をとられて泣き寝入りはしません。隠さずにお話しします」

清兵衛は真顔で言った。

「確かに仰《おつしや》るとおりです」

栄次郎は素直に認めた。

「でも、どうしてそう思われるのですか」

清兵衛はきいた。

「船宿に立て籠もったとき、賊は人質の男の喉《のど》を掻き切って窓から突き落としました。男は地に落ちて絶命しました。そのふつか後、もうひとりの人質が心ノ臓を刺されて薬研堀で見つかりました。その非道な振る舞いからすると、清吉さんとおさきさんに対してはずいぶん穏やかに感じるのです」

栄次郎は説明した。

「そう言われてみれば」

清吉は首を傾げ、

「そのように感じることは何度かありました。厠に行きたいと訴えたときも、すぐに連れて行ってくれましたし、ときどき顔を出して何か欲しいものはないかときいてくれました。今から思えば、人質だからといって雑な扱いではなかったように思えます」

その後、幾つか話を聞き、次に建具職の文蔵の家に行き、おさきと会った。

おさきも顔色は悪くなかった。

隠れ家に連れて行かれたときや監禁されているときの様子は清吉の話と同じだった。

結局、ふたりから賊の手掛かりは得られなかった。

外に出てから、栄次郎は口にした。

「賊の隠れ家は綾瀬川沿いではないでしょうか」

「綾瀬川か」

「ええ、北十間川は人目につきやすい。綾瀬川まで行けば田畑が広がり、人家も少ないのでは」

「船を下りてからそれほど歩かなかったというからな」

彦太郎は頷き、

「隠れ家の探索に向島を調べたが、綾瀬川のほうまでは行っていないはずだ。さっそく綾瀬川沿いを調べてみよう」

「私はこれから綾瀬川に行ってきます。ひとりで見つけられるとは思っていませんが、冬二さんが閉じ込められていると思うとじっとしていられません」

「冬二はなぜ、いやがらず今度の役を引き受けたのだろうか」

彦太郎は不思議そうに言う。

「冬二さんは生きていくことに……」

栄次郎はあとの言葉を呑んだ。

「生きていくことに飽いたとでもいうのか。まだ、若いのに」

「好いた女が不慮の事故で亡くなったそうです」

「そんなことがあったのか」

「自分から命を断つような真似はしないでしょうが、他人の手で断たれることを望んでいるような気もします」

「…………」

彦太郎は言葉を失っていた。

「では、私はここから行きます」

栄次郎は海辺橋《うみべばし》の袂《たもと》で彦太郎と別れ、本所に足を向けた。


それから半刻（一時間）後、栄次郎は向島の竹屋の渡し場に来ていた。

対岸の山谷堀に向かう船が出たところだった。昨夜、ここから冬二はどこに連れて行かれたのか。

賊はなぜ、清吉とおさきを解き放ったのか。冬二が塚本源次郎かどうかどうやって確かめたのか。

栄次郎は隅田堤《すみだづつみ》を関屋の里に向かった。桜の樹が続いている。春は花見客で賑わうところだ。

今まで晴れていた空が急に曇ってきた。田畑のほうに稲光が見えた。栄次郎は急いで前方に見えた白鬚《しらひげ》神社に急いだ。

鳥居をくぐったとき、いきなり激しく雨が降りだした。栄次郎は社務所の軒下に飛び込んだ。

地べたにたちまち水たまりが出来た。他にも雨宿りをしている者がいた。

冬二はどうしているのか。冬二が塚本源次郎であることを確かめず、どうして人質と交換したのか。

『船幸』の女将に届いた文では、人質の居場所はあとで教えると書いてあった。それなのに清吉とおさきを向島の竹屋の渡し場に連れて来ていた。すぐ返すつもりだったのに、あえてそんな文を書いて攪乱を狙ったのか。

そういえば、この賊は最初から攪乱を狙っている。逃走用の船を用意させたり、文を『船幸』に届けたり、大番屋の戸障子に貼り付けたり……。

そもそも塚本源次郎を探せというのも妙な要求だ。やはり、これも何か攪乱を狙ってのことか。

攪乱といえば、今度の人質事件で犠牲になったのは商人ふうの三十半ばの男のふたりだけだ。そして、そのふたりだけが身許がわかっていない。

塚本源次郎を探すことが本来の狙いとは思えない。やはり、別の理由があるのだ。

人質のふたりを殺すことか。

人質が冬二に代わっただけで、事態はいっこうに変わっていない。賊に翻弄されっぱなしだ。

いつの間にか雨が上がっていた。空は晴れ、陽光が射していた。

栄次郎はその後、木母寺《もくぼじ》を過ぎ、関屋の里と呼ばれる名所から綾瀬川沿いを歩いた。この川のどこかにある桟橋から隠れ家に向かったのではないか。

百姓家も点在している。廃屋になった家があるかどうか。あるいは荒れ寺があるか。ひとりで探すのは無理だった。


夕方に、大番屋で栄次郎は彦太郎と落ち合った。

「どうだった？」

彦太郎がきいた。

「関屋の里から綾瀬川沿いを歩いてみました。景色のいいところで、賊が隠れ忍んでいるような陰湿な感じは受けませんでした」

「おいおい、それでは困るではないか。同心が小者を連れて船で綾瀬川に向かったのだ。冬二が隠れ家で合図の狼煙《のろし》でも上げてくれればいいがな」

彦太郎は苦笑する。

「賊が冬二さんを連れて行ったわけを考えてみたのですが」

栄次郎は口にする。

「なんだ？」

「賊は塚本源次郎を探し出せなくてもよかったのではないでしょうか。いえ、最初から見つけ出せるとは思っていなかった。賊の狙いは塚本源次郎に似た男を探すことにあったのではないでしょうか」

「似た男？」

「つまり、賊は冬二さんを塚本源次郎仕立てて何か企《たくら》んでいるのです」

「何をだ？」

「わかりません。塚本源次郎しか出来ないことをさせるためです」

「なるほど。いや、だが、塚本源次郎に仕立てるのなら、なぜ、賊は塚本源次郎を探せと言ったのだ？」

「奉行所が見つけたのです。塚本源次郎に間違いないと太鼓判を捺《お》したと同じではありませんか」

「我らが、冬二を塚本源次郎に仕立てたということか」

「冬二さんは塚本源次郎になりすまして何かをするように強要されているのではありますまいか」

「うむ」

「そもそも塚本源次郎が何者か、調べる必要があります」

「うむ」

「十年前、御徒衆の御家人塚本源次郎が城内の詰所で上役をめった斬りにして城内から逃走し、御徒町の組屋敷の自分の部屋で自害するという事件があったそうです」

「聞いている。妻女どのが上役と情を通じ合っていたというものだな」

「そうです」

「しかし、その塚本源次郎は死んでいる」

「はい。ですが、別に同姓同名の塚本源次郎がいたのかもしれません。そして、この塚本源次郎は何らかの事情で姿を晦《くら》ましているのです。冬二さんをこの塚本源次郎に仕立てて何かをしようとしているのではないでしょうか」

「わかった。そのことも調べてみよう」

「お願いします」

「それから、殺された人質のふたりの身許です。いまだにわからないのは妙ではありませんか。周囲の者が名乗って出られない事情があるからとしか思えません」

「うむ。堅気ではないな」

「はい。裏稼業の者を当たってでも身許を探ることが肝要かと思います」

「そうしよう」

彦太郎は苦《にが》い顔をして、

「人質を無事に助け出したが、まだ何も終わったわけではないな」

と、ため息混じりに吐き捨てた。

「今は冬二さんが人質です。ただ、新たな要求はないでしょうが」

賊の手掛かりも何もない。まったく、いいように賊に翻弄されているだけだ。栄次郎はいまだに霧の中を彷徨《さまよ》っている自分を見ていた。

三

翌日の昼過ぎ、お秋の家に芝田彦太郎の使いがやって来た。

栄次郎は階下に行き、土間に立っている小者と会った。

「賊の隠れ家らしい家が見つかりました。船でこれから向かうところです。芝田さまが矢内どのを連れて来いと」

「隠れ家が？　支度して行きます。どこに？」

「駒形堂《こまがたどう》の前の船着場で待っています、では」

栄次郎は急いで二階に戻り、刀を持って部屋を出た。

川沿いを駒形堂まで走った。すると、船が停まっていて、彦太郎が真ん中に乗っていた。船頭は『船幸』の松次だ。

「芝田さま」

「乗れ」

栄次郎は桟橋から船に乗り移った。

「やってくれ」

彦太郎は松次に声をかけた。

「へい」

松次は船を動かした。

「隠れ家が見つかったのですか」

「綾瀬川を上り、四ツ木村《よつぎむら》に荒れ寺がある。そこの庫裏に、男が出入りしているという訴えがあった」

「そうですか」

船は吾妻橋《あづまばし》をくぐり、さらに上流に行く。

橋場の渡し場から隅田川神社を過ぎ、大きく曲がって綾瀬川に入った。船は静かに進む。のどかな田園風景が広がっている。田圃に百姓の姿があった。

途中、川の支流に入った。すると、前方の桟橋に船が停まっていた。奉行所の同心たちが乗って来た船だ。

栄次郎と彦太郎は陸《おか》にあがった。待っていた小者が案内に立ったが、かなたに寺の屋根が見えた。

朽ちた山門をくぐる。本堂の壁板もところどころ剝《は》がれていた。その脇に、同心たちが待っていた。

「どうだ?」

彦太郎がきいた。

「皆で出かけているのか、ひとがいる気配はありません」

同心が庫裏を見て言う。

「引き払ったあとかもしれぬ。踏み込もう」

彦太郎が命じた。

「はっ」

同心たちは庫裏に向かった。

戸も外れかかっていた。その戸を外し、同心がまっさきに踏み込む。栄次郎は彦太郎に続いて中に入った。

天窓からの陽光に照らされた土間はがらんとしている。板敷きの間も汚れている。ひとが土足であがったようで足跡がついていた。

奥に行った小者が突然、大声を出した。

「こっちに誰かいます」

栄次郎と彦太郎は奥の部屋に向かって廊下を駆けた。

部屋の前で、小者が立っていた。薄暗い部屋に誰かいた。誰かが廊下の雨戸を開けた。光が部屋にも入り込んだ。

後ろ手に縛られ、足も縛られた男が横たわっていた。口に猿ぐつわを嚙まされていた。

栄次郎はあっと叫んで駆け寄った。

「冬二さん」

栄次郎は猿ぐつわを外し、後ろ手の縄の結びを解き、最後に足の縄をとった。

「冬二さん。しっかりしてください」

栄次郎は肩を抱き起こして声をかけた。

「あっ、矢内さま」

「冬二、だいじょうぶか」

彦太郎も心配そうにきいた。

「だいじょうぶです」

冬二ははっきりした口調で答える。どこも怪我はしていないようだった。

栄次郎は冬二の体を離した。冬二は自分の力で体を起こしていた。

「賊は？」

彦太郎がきく。

「だいぶ前に出て行きました」

「いったい、賊はそなたに何をさせたのだ？」

「いえ、何も」

「何も？」

「向島の竹屋の渡し場で下りたあと、しばらくして賊の船に乗せられてここまで連れて来られました」

「賊は冬二さんに何か要求を出しませんでしたか」

「いえ、その前にあっしの右の二の腕を見て、黒子《ほくろ》がないと騒ぎました」

「塚本源次郎の二の腕に黒子があったのですね」

「そうです。それであっしは偽者だとあっさり見破られてしまいました」

「それでよく無事でした」

栄次郎はほっと胸をなで下ろした。

「しかし、なぜ、賊は冬二を見逃したのだ」

「あっしが人質になっただけのことですから」

「今度は冬二を人質に、我らを脅そうとしたか」

「そうだと思います。でも、本物の塚本源次郎が見つかったようです」

「なに、見つかった?」

彦太郎が甲高い声になった。

「詳しくは話してくれませんでしたが、塚本源次郎のほうから出て来たようです。二の腕に黒子があったそうです」

「塚本源次郎は賊の居場所をどうやって知ったのでしょうか」

「さあ、わかりません。でも、あっしを殺さなかったのは、そのためだったんじゃないかと」

「賊は目的を果たしたということですか」

栄次郎は呟いてから、

「それらしき男を見ましたか」

と、確かめた。

「いえ。あっしはこの部屋に閉じ込められたままでしたから」

「そうでしたか」

栄次郎は塚本源次郎が現れたことが腑に落ちなかった。

「賊について何か手掛かりになるようなものはないか」

彦太郎がきいた。

「いえ。ありません」

冬二は言ってから、

「すみません。早く横になって休みたいんです。長屋に帰りたいのですが」

と、苦しそうな顔で訴えた。

冬二が彦太郎に付き添われ庫裏を出て行ったあと、栄次郎は部屋の中を見まわした。

畳も染みが目立ち、ところどころ毟《むし》れている。

ここが奥の部屋か、といったん廊下に出て確かめた。

清吉とおさきが閉じ込められていた部屋だろうか。厠を探す。廊下の突き当たりにあった。

清吉とおさきの話では土間から外に出て、母家の裏側にあったという。外に出てみた。庫裏の裏にも厠があった。

清吉とおさきはここまで連れて来られたのだろうか。

なんとなく、すっきりしない気持ちで、栄次郎は荒れ寺をあとにした。

その夜、栄次郎が帰宅すると、兄は出かけたという。

「世話になったお方が昨夜亡くなり、今夜が通夜ということで」

母が話した。

「そうですか」

栄次郎は夕餉《ゆうげ》のあと、自分の部屋で兄の帰りを待った。四つ（午後十時）になろうとしていたときに、兄が帰って来た。

しばらくして、栄次郎は兄の部屋に行った。

「兄上、よろしいですか」

「入れ」

栄次郎は部屋に入って兄と差向いになった。

「どなたの通夜でしたか」

「小普請組頭の稲村咲之進《いなむらさきのしん》さまだ」

「ご病気で？」

「そうらしいが詳しいことは聞いていない。なにしろ、急なことだったのでな」

「お幾つでしたか」

「四十二の厄《やく》だ」

「そうでしたか」

「ひとの定めとははかないものよ」

兄は呟いてから、

「して、用事は？」

「また、お考えをお聞かせ願えたらと。例の人質事件です」

と切り出し、栄次郎は経緯を語った。

「賊が探していた塚本源次郎が賊の前に現れたようなのです。なぜ、塚本源次郎が出てきたのか。そもそも、なぜ賊が塚本源次郎を探していたのか、わかりません」

「妙な話だ」

「で、塚本源次郎ですが、十年前の御徒衆の塚本源次郎と同姓同名の塚本源次郎がいたとも考えられるのです」

「名簿にはなかった。塚田源次郎、あるいは塚原源次郎という名はあったが、わしが調べた限りでは、十年前に死んだ塚本源次郎しかいない。塚本家は御家断絶になっており、塚本源次郎を名乗る者はいなかった」

「そうですか」

「考えられるのは陪臣《ばいしん》だ。大名家の家臣か、あるいは直参の奉公人、若党だ」

兄は口にした。

「そうかもしれませんね」

栄次郎もそうかもしれないと考えた。

「しかし、塚本源次郎が何をしたというのか。いや、これから賊は塚本源次郎を使って何かをするつもりか」

兄は呟き、

「賊の口から聞かない限り、ほんとうのことはわからぬな」

「はい。しかし、賊の手掛かりを摑むためにも、塚本源次郎の謎を解き明かさねばなりません」

「だが、塚本源次郎がどこぞの大名家の家臣だとしたら、調べは難しい」

兄は渋い顔で続ける。

「こういうことが考えられる。塚本源次郎は御家の大事なものを持って逃げ出した。それを奪い返すために、ある一味を雇った。そして、一味は塚本源次郎を探し出すのに窮して奉行所に探させようとした……」

「そういう考えも出来ますね」

いや、兄の言うとおりかもしれない。だから、一味は塚本源次郎の顔を知らなかったのだ。

「塚本源次郎が賊の前に現れたのではなく、朋輩《ほうばい》が見つけたのだ」

「確かに、そう考えるといろいろ腑に落ちます。でも、ひとつだけ引っ掛かることがあります」

「なんだ?」

「賊は商人ふうの三十半ばの男の人質を殺しています。塚本源次郎を探すために、ふたりもの命を奪った。そこまでして、塚本源次郎を探そうとしたのです。それなのに、あっさり塚本源次郎が見つかった。人質のふたりが殺された意味はなんだったのでしようか」

「朋輩が見つけることなど想像出来なかったのではないか」

「そうかもしれませんが……」

栄次郎はやはり殺されたふたりのことが気になる。なぜ、殺されたのはふたりだけだったのか。そして、清吉とおさきはどうしてそれほど酷い扱いを受けずに済んだのか。

賊の狙いは最初から商人ふうの三十半ばの男ではなかったか。前々から考えていたことがまたも気になりだした。

賊は殺す理由を隠すために、人質事件を作ったのではないか。しかし、塚本源次郎が見つかったようだと冬二は言っていた。

もしや、わざと冬二に聞かせたのでは……。もともと塚本源次郎などいなかった。

あのふたりを殺すことが狙いだったのだ。

ふたりの素姓がわかれば、賊の正体もわかるかもしれない。今、芝田彦太郎がその方面も調べているはずだ。

「やはり、塚本源次郎は口実だったのかもしれません」

栄次郎は自分の考えを述べた。

「殺しの理由を隠すためです」

「そうだとして、なぜ塚本源次郎の名を使ったのだ？　思いついた名が塚本源次郎だったのか」

栄次郎は兄の言葉にはっとした。

「ひょっとして、賊は十年前の塚本源次郎の刃傷沙汰を知っていたのでは……」

「しかし、塚本源次郎の家は断絶している。そのことを知っている者といえば、奉公人がいるな」

「はい。奉公先がなくなったのです。渡り中間《ちゆうげん》なら、また新たに奉公先を見つけたでしょうが、その奉公人にとっては強烈な印象に残っているはずです。兄上、当時の奉公人を探し出すことは出来ませんか」

「塚本源次郎の朋輩から話を聞いてみよう。口入れ屋にも問い合わせてみる」

「お願いします。兄上からはいつも貴重な意見をいただき感謝しております。では、これで」

だいぶ夜も更けていた。

「栄次郎、もう少しいいではないか」

「はあ。私はかまいませんが」

「今度はわしの話を聞いてくれ」

「はい」

栄次郎は居住まいを正した。

「小普請組頭の稲村咲之進さまの死因だが」

兄は言葉を切った。

「何でしょうか」

「病死ではない。自害だ」

「自害?」

「脇差で、自分の喉を搔き切ったという」

「なんと」

「稲村家のほうでは自害の事実を隠し、病死として届け出た。自害だとすると、いろいろな憶測を生むからな。稲村さまは賄賂《わいろ》を受け取ったり女癖が悪かったりと、何かと悪い噂があった」

「自害だと、それらのことで何か問題があったと見られかねませんね」

「そうだ。自害を隠したい気持ちはわかる。それはいいのだが」

また、兄は言い淀んだ。

栄次郎は今度は黙って兄の口が開くのを待った。

「稲村どのの子息の咲太郎《さきたろう》どのが妙なこと言い出したのだ」

「…………」

「稲村さまが死んでいるのを見つけたのは咲太郎どのだ。布団の上に体を起こし前に倒れていた。手には血の付いた脇差が握られていたそうだ。枕元に血があった。まず、そこが不自然だったという。それに、足は伸ばしたままだった。かけつけた用人も妻女どのも自害したと思い込んだそうだ」

「咲太郎どのは殺されたと？」

「いや、自害について疑問を呈しただけだ。殺しとなれば、屋敷の者が疑われ、あるいは外からの侵入者の仕業としても、なんら抵抗しないまま自害したように殺されていることで武士としての面目がないということになる。体面を保つためには殺されたことには出来まい。それで親戚一同には自害したことにしてその上で病死として……」

「殺しかもしれないのですね」

「わしは亡骸《なきがら》を見ていない。医者も自害と見立てた。殺しの証《あかし》はない。だが、咲太郎どのは、疑いを抱いているようだ。しかし、妻女どのと用人は自害だと言い張っている」

　兄は厳しい顔で、

「咲太郎どのから調べてもらいたいと頼まれた。殺しかどうかを」

「上役に相談したら、ひそかに調べるようにとのことであった。そこで、新八《しんぱち》を使いたいのだが、新八はそっちの件で動いているのか」

「いいえ、新八さんは加わっていません」

「そうか。では、新八の手を借りよう」

　新八は大名屋敷や大身《たいしん》の旗本屋敷、そして豪商の屋敷などに忍び込むひとり働きの盗人《ぬすっと》だった。忍び込んだ屋敷の武士に追われた新八を助けたことが縁で、栄次郎と親しくなった。

　ある事情から今は盗人をやめ、御徒目付である兄の手先として働いている。が、時には栄次郎に手を貸してくれているのだ。

「人質事件を抱えていなければ、私もお手伝いをしたいところですが」

「そっちもたいへんだ。新八に手伝ってもらうからいい」

「わかりました。では」

　栄次郎は立ち上がって自分の部屋に戻った。

四

翌日、栄次郎は高砂町の冬二の長屋を訪ねた。

まだ寝ているかもしれないと思いながら、腰高障子を開けると、冬二は部屋で煙草《たばこ》を吸っていた。

「これは矢内さま」

冬二は煙管《きせる》の雁首《がんくび》を煙草盆の灰吹《はいふき》に叩いてから腰を上げ、

「どうぞ、お上がりください」

「いえ、ここで」

栄次郎は刀を腰から外して上がり框《かまち》に腰を下ろした。

「お体のほうはだいじょうぶですか」

「へえ、昨夜久しぶりにゆっくり眠れましたので」

「それはよかった」

栄次郎は安心した。

「隠れ家では食べ物は出してくれたのですか」

「ええ、握り飯が出ました」

「寝るときは縛られていたんですか」

「ええ。縛られました」

「厠はどうしました？」

「頭巾の男が匕首《あいくち》を突き付けてついて来ました」

「外までですか」

「いえ、厠は突き当たりにありました」

「外ではないのですね」

「ええ」

清吉とおさきは外の厠に行ったと言っていた。

「偽者だと気づいても、賊はあなたを殺そうとしなかったんですね」

栄次郎はきのうと同じことをきいた。

「あっしが新たな人質でしたから」

「もし、本物の塚本源次郎が現れなければ、賊は冬二さんを人質に、奉行所に改めて塚本源次郎を探し出すように要求したということですね」

「そうだと思います」

「しかし、どうして塚本源次郎が自ら現れたのでしょうか」

「さあ、どうしてでしょうか」

冬二も首を傾げた。

「冬二さんをひとり残して、賊はそこを引き払ったのですね」

「そうです。昨日の朝です」

「それから我々が到着するまで縛られたままだったのですね」

「はい。でも、賊が出て行くとき、そのうち助けが来るからと言い残して行きました」

「賊はそんなことを言っていたのですか」

「はい」

殺されたふたりと清吉とおさき、それに冬二に対しては態度が違う。やはり、狙いは殺されたふたりだったのではないか。

「矢内さま、手掛かりが摑めず申し訳ありません」

「なにを仰いますか。冬二さんのおかげで清吉さんとおさきさんのふたりを助け出すことが出来たのです」

「へえ」

「それより、冬二さん。あなたが塚本源次郎の身代わりを引き受けたのは、心の片隅に死んでもいい、はっきり言えば殺されるつもりで……」

「それは……」

「好きな女子が不慮の事故で亡くなったと仰っていましたね」

「ええ」

「冬二さん。落ち着いたら、音吉さんのお墓参りに行きませんか」

「ぜひ」

「音吉さんはやはり病から声が出なくなっていたんです。長唄を唄えなくなっていたんだと思います。好きな長唄が出来ないことに悲観して自ら死を……」

栄次郎は声を詰まらせた。

「冬二さん、音吉さんのぶんまで生きてください」

「………」

冬二は俯《うつむ》いた。

腰高障子にひと影が射した。

戸が開いて、芝田彦太郎が入って来た。

「矢内どの。来ていたのか」

「はい」

栄次郎は立ち上がって迎えた。

「何か新しくわかったことはあったのか」

彦太郎が口を開く。

「いえ。特には」

「冬二。わしからいくつかききたい。矢内どのと重なる問いかけもあるかもしれぬが」

「はい」

「芝田さま。どうぞ、ここにお座りを」

栄次郎は場所を開けて、土間に立った。

「では」

彦太郎は腰を下ろしてから、

「閉じ込められているとき、賊のことで何か気づいたことはないか」

と、切り出した。

「いえ、特にはは。賊はみな頭巾をかぶっていましたし、よけいなことは喋《しゃべ》りません」

「頭領格の男はいたか」

「それもわかりません。あっしに話しかけてくるのはいつも同じ男でした」

「用心深いな」

　彦太郎は舌打ちをした。

「あっしの前では仲間うちも話は一切しませんでした」

「塚本源次郎が現れたと話したのもいつもの同じ男か」

「そうです」

　その他、彦太郎はいくつか確かめたが、手掛かりになるような話はなかった。

「賊もみな、あの庫裏で寝泊まりしていたのか」

「だと思います。あっしは奥の部屋と厠を行き来するだけですから、他の部屋の様子はわかりませんが」

　栄次郎はそのことを疑問に思っている。

「賊はあの隠れ家にそなたを置き去りにしてみなで出て行ったのだな」

「そうです。それが昨日の朝でした。賊は出て行くとき、そのうち助けが来るからと言い残していました」

「なに、そのようなことを言い残したのか」

「はい。そうです」

「では、荒れ寺の庫裏に男が出入りをしているという訴えは、賊が……」

彦太郎は呻いた。

「庫裏を調べても、賊の手掛かりは残っていなかったはずだ」

彦太郎は腰を上げ、

「邪魔をした。ゆっくり養生をしろ」

と、冬二に声をかけて土間を出て行った。

「冬二さん、また来ます」

そう言い、栄次郎は彦太郎のあとを追った。

木戸を出たところで、彦太郎に声をかけた。

「芝田さま。隠れ家のことでちょっと気になることが」

「なんだ？」

「閉じ込められているとき、冬二さんは庫裏の廊下の突き当たりにある厠に行ったそうです。ですが、清吉さんとおさきさんは外の厠に行ったそうです」

「それがどうした？」

「冬二さんと、清吉さんとおさきさんが閉じ込められていた場所は別だったのではないかと」

「別？」

「はい。せっかくの隠れ家を我らに知られたら、賊とて困るのではないでしょうか。荒れ寺の庫裏は探索を攪乱させるためではないかと」

「…………」

「清吉さんに荒れ寺に行ってもらって確かめたほうがいいのではないでしょうか」

「隠れ家は別にあると？」

「はい、そんな気がしてなりません。『船幸』から船で綾瀬川まで行くことにし、清吉さんには人質のときと同じように目隠しをしてもらって確かめてもらってはいかがでしょうか。よろしければ、おさきさんにも手を貸してもらえたらいいのですが」

「よし。当たってみよう」

栄次郎と彦太郎は深川に向かって新大橋を渡った。

「芝田さま。私は賊の狙いは最初から殺された人質ふたりだったような気がしてなりません」

「だとしたら、塚本源次郎のことは偽装だったということになるが、本物の塚本源次郎が現れたと冬二は賊から聞いているが」

「それが嘘だったのではないでしょうか。塚本源次郎など端《はな》からいなかった。だから、塚本源次郎がほんとうにいたかのように、冬二を介して我らに伝えようとした」

「…………」

「問題は殺された人質の身許です」

「今、火盗改《かとうあらため》や郡代《ぐんだい》屋敷に問い合わせている。いずれ明らかになるはずだ」

「そうですか。それが明らかになればだいぶわかってくるはずです」

新大橋を渡り、仙台堀沿いを行き、入船町の『木曽屋』にやって来た。

彦太郎は番頭に頼んで清吉を呼んでもらった。

すぐ清吉が現れた。

「これから、賊の隠れ家跡までつきあってもらいたい。そなたが閉じ込められていた場所かどうか確かめるのだ。おさきもいっしょがいい」

「わかりました」

清吉はおさきを呼びに行った。

半刻（一時間）余り後、栄次郎と彦太郎は清吉とおさきとともに『船幸』から松次の船に乗り込んだ。

清吉とおさきには目隠しをしてもらった。船はゆっくり岸を離れ、両国橋をくぐった。清吉とおさきは肌で何かを感じようとしているのか押し黙っていた。

栄次郎と彦太郎もふたりの邪魔にならないように無言だった。蔵前の白壁の蔵を左手に見る。

御厩河岸の渡し場を過ぎると、黒船町のお秋の家が見えてきた。

そこを過ぎ、吾妻橋をくぐった。

向島の隅田堤に沿って上流に行き、隅田川神社を過ぎてから綾瀬川に入った。

川幅が急に狭くなった。船はゆっくり進み、四ツ木村に近い桟橋で下りる。秋の陽射しを受けながら、前方に見える荒れ寺に向かった。

清吉がおさきをいたわりながら歩く。ときたまおさきは辺りを見まわす。

山門に着いた。

「ここだ」

彦太郎が声をかける。

石段を上がった。おさきが清吉に何事か囁いた。

山門をくぐり、境内を突っ切って庫裏に向かった。庫裏には奉行所の者の姿があった。庫裏の土間に入り、清吉とおさきを奥の部屋に連れて行く。

奥の部屋に入る前に、清吉が言った。

「ここじゃありません」

「違う?」

彦太郎は厳しい顔で、

「念のために部屋に」

と、中に入れた。

清吉は部屋の中を見まわし、

「やっぱり違います。このような黴臭《かびくさ》い臭いはしませんでした」

と、同意を求めるようにおさきの顔を見た。

「部屋ももう少し狭かったですし、畳もこんなに傷んでいませんでした」

おさきが答える。

「厠はどこですか」

清吉がきく。

「こっちだ」

彦太郎は土間から外に出て庫裏をまわった。

厠の前に立って、清吉ははっきり言った。

「違います。ここじゃありません」

「船に乗っていた感じはいかがでしたか」

栄次郎は確かめる。

「波がなくなって穏やかになるまで、そんなに長くはかかりませんでした」

「ええ。それに大川をすぐ離れたというのですね」

「大川を途中で旋回したように思えました」

「旋回？」

「はい」

「私もそう感じました。大きくまわっているなと思いました」

おさきが言い添える。

「芝田さま。賊が逃げたのは薬研堀の対岸では……」

「うむ。深川か」

「竪川《たてかわ》か小名木川《おなぎがわ》では。冬二さんをここに閉じ込めたのは探索の攪乱を狙ってのこと」

栄次郎はそう睨んだ。

「竪川か小名木川をずっと奥に行った百姓家の廃屋か」

彦太郎も拳を握り締め、すぐに同心に告げた。

「小名木川を行き、猿江村《さるえむら》、大島村《おおじまむら》などの周辺の廃屋を探すのだ」

「畏《かしこ》まりました」

同心は小者たちを連れて、船着場に向かった。

栄次郎たちも来たときと同じように松次の船に乗り込んだ。すでに、同心たちはだいぶ先に行っていた。

遅れて、栄次郎たちの船も出立した。

大川から小名木川に入り、大横川《おおよこがわ》と交差する手前にある新高橋《しんたかばし》で、栄次郎と彦太郎は船を下りた。清吉とおさきを送ってもらうように松次に頼み、ふたりはさらに小名木川に沿って進んだ。

同心たちは竪川から行ったらしく、船は見えなかった。

猿江町を過ぎると、小名木川の両脇に大名の下屋敷が続いている。そこを過ぎると、右手には新田が広がっていた。

やがて、田畑が見えてきた。下屋敷も多く、百姓家が点在している。

大島村に入ったとき、同心の姿が見えた。向こうも気づいて、近付いて来た。

「庄屋にきいたところ、この周辺には廃屋はないそうです」

鳥が啼いて飛んで行く。

「もう少し先を調べてみます」

同心は離れて行った。

「なんとなく、賊の隠れ家がこの近くにありそうな気がしてなりません」

栄次郎は呟く。しかし、とうに賊はそこから姿を消しているだろう。

ふたりはさらに川沿いを進んだ。

上大島町《かみおおじままち》の角に来たとき、小者が走って来た。

「亀戸村《かめいどむら》の五百羅漢寺《ごひゃくらかんじ》の近くに廃屋があるそうです」

「よし」

上大島町を突っ切り、亀戸村に入る。

羅漢寺の大屋根が見えた。その裏のさらに先に同心たちの姿が見えた。

栄次郎と彦太郎は同心たちに追いついた。

「あの百姓家の住人は半年前に新しい家を建てて引っ越して行き、今は誰も使っていないそうです。数日前、何人かの男が出入りをしているのを近くの百姓が見ていました。それから煙も上がっていたようです」

茅葺《かやぶ》き屋根の百姓家の前に立った。小者が戸を開けて土間に入って行く。続けて何人か入り、雨戸を開けた。

栄次郎と彦太郎は奥の部屋に行く。六畳間で、部屋には何も置いてなかった。

栄次郎は厠を探した。

清吉とおさきが言っていたような場所にあった。厠をのぞき込む。糞尿が溜まっていた。ここは使われていた。

栄次郎は中に戻った。竈《かまど》を見た。燃え残った薪《まき》があった。使った形跡がある。

「ここに間違いないようですね」

栄次郎は彦太郎に告げた。

「炊事をした形跡もあります」

「しかし、何も手掛かりは残していない」

彦太郎は無念そうに言う。

「ここはあくまでも人質を閉じ込めておくためだけに使われただけで、賊の本拠ではなかったのですね」

栄次郎も憤然と言う。

「探索もここまでか」

彦太郎は天を仰ぐように呟いた。

「まだ、手掛かりはあります。殺されたふたりの身許です」

「いまだにわからないのだ。ふたりは江戸の者ではないのだろう。探し出すのは容易ではない」

「いえ、必ずわかります。このままということはあり得ません」

栄次郎は自分自身に言い聞かせるように言い、

「それから塚本源次郎です」

「塚本源次郎が手掛かりか。しかし、塚本源次郎のことは殺しの理由を隠すための偽装かもしれないではないか」

「仮にそうだとしても、なぜ、塚本源次郎の名を使ったのか。そこに何かあるのではないかと思われます」

「…………」

彦太郎は黙って西の空を見ていた。夕陽が沈んでいこうとしている。

「わしはいつまで経っても決まった掛かりがなく、当番方の与力に甘んじてきた。このたびの立て籠もりもわしは検使として派遣されただけだ。賊を捕らえるのは同心の役目だ。それが思いがけぬ事態になって、わしはこの事件の指揮を買って出た。なんとか手柄を立てて一人前の与力にと思ったが……」

彦太郎は珍しく弱音を吐いた。

「芝田さまらしくありません。必ず、突破口が見つかるはずです」

「そうよな」

「ともかく、殺されたふたりの身許を徹底的に調べてみてください。私は塚本源次郎のことを調べます」

「わかった。やってみよう」

いつもより、声に力がなかった。

夕焼けが空を染めていた。まるで彦太郎は敗残者のように打ちしおれている。掛ける言葉もなく、栄次郎は彦太郎と並んで沈んでいく陽を眺めていた。

五

翌朝、栄次郎は高砂町の冬二の長屋を訪ねた。

腰高障子を開けて土間に入ると、冬二は小机に向かっていた。

「これは矢内さま」

冬二は顔を上げた。

「もう仕事をしているのですか」

「へえ。期限が迫っているものがありましてね」

「何日も無駄にしてしまいましたからね」

「あっしが望んでしたことですから」

そのことについては複雑な思いだった。冬二が引き受けてくれたことで、清吉とおさきが犠牲にならずに済んだのだ。だが、冬二は殺されてもいいという気持ちから偽の塚本源次郎を演じてくれたのだ。死の願望があったから出来たことなのだ。

音吉のこともあり、栄次郎は冬二が心配だったので、仕事に取り組んでいる姿を見て、安堵の胸をなで下ろした。

「その後、何かわかったんですかえ」

「じつは清吉さんとおさきさんに四ツ木村の荒れ寺に行ってもらったんです。そしたら、閉じ込められていた場所と違うと言いました」

「違う？　あっしが閉じ込められていた場所ではなかったということですか」

「そうです」

「じゃあ、どこに？」

「深川の亀戸村の五百羅漢寺の近くに、ひとが住んでいない百姓家がありました。そこにひとがいた形跡がありました。おそらく、元の隠れ家はそこで、四ツ木村の荒れ寺は探索の攪乱を狙ったものと思えます」

「そうでしたか」

「でも、羅漢寺近くの百姓家もすでに賊が引き払ったあとで、手掛かりは何も残っていませんでした」

「あっしがもっとうまく振る舞っていれば何かを摑めたかもしれなかったですね」

冬二は悔しそうに言う。

「とんでもない。冬二さんのおかげで清吉さんとおさきさんは助かったのです」

「…………」

「あまり長居をしてお仕事の邪魔をしてもいけません。また、寄せてもらいます」

栄次郎は挨拶をして引き上げた。

冬二は頭を下げて栄次郎を見送った。


それから、栄次郎はお秋の家に行った。

三味線を抱えて撥《ばち》を手にしても、どうしても事件のことが頭から離れなかった。このままでは、芝田彦太郎も不遇の身からの飛躍が出来そうもない。

昼過ぎになって、新八がやって来た。

栄次郎は二階に上げて、差向いになった。

「栄次郎さん、ご無沙汰しております」

「兄から仕事を頼まれたようですね」

「ええ、小普請組頭の稲村咲之進さまについてです」

「で、何かわかったのですか」

「いいえ。ただ、稲村さまはとんでもない男ですね。聞き込んでいくと、いろいろな不祥事が出て来ます」

「不祥事？」

「小普請組の者からかなりの賄賂を受け取っていたようです。高い金を払ったのにお役につけなかったと恨んでいる者も少なくありません」

「そうですか」

「それから、賄賂はお金だけでなく、女もあり得るそうです」

「女？」

「お役につきたい者はお金か妻女を差し出せと……」

「なんですって」

「つまり、稲村さまを恨んでいる者が多く、殺されても仕方ないという声が多く聞かれました」

新八は不快そうに眉をひそめて言ったあとで、

「栄次郎さん、今日ここに来たのは栄之進さまから早く伝えるようにと命じられたからです」

「兄上から」

「はい。十年前に自害した塚本源次郎の姉から話を聞いてきたそうです」

「事件当時は他家に嫁《とつ》いでいたのですね」

「ええ。奉公人は家にいたときと変わっていないそうです」

新八は続ける。

「当時、塚本家には用人、若党、中間、それに女中、下男など八人ぐらいが奉公していたそうです。用人の正木喜平《まさききへい》と若党の赤城弥三郎《あかぎやさぶろう》は塚本家の譜代だそうです」

「代々塚本家に仕《つか》えていたのですね」

「ええ、それだけに主人に対する思いは強かったようです」

「用人はいくつぐらいですか」

「当時で、四十歳ぐらいです。若党のほうは二十五、六だそうです」

「若党は今は三十五、六ですか。塚本家がなくなったあと、どうしたかわかっていないのですね」

「ええ。でも、正木喜平の居場所はわかっています」

「どこに？」

「小石川《こいしかわ》の天正寺《てんしょうじ》で寺男をしているそうです」

「寺男？」

「天正寺は塚本家の菩提寺《ぼだいじ》だそうです。塚本源次郎の墓を守っているそうです」

「今も？」

「そのようです」

「小石川の天正寺ですね」

「そうです。会いに行きますか」

「ええ、念のために若党の赤城弥三郎のことをきいてみたいと思います」

「お手伝いいたしますぜ」

新八は申し出た。

「ありがとう。でも、兄上のほうの仕事も大事ですから」

「へい。では、あっしは」

新八は腰を上げかけた。

「そうそう、新八さんは杵屋吉右衛門師匠の内弟子だった音吉さんのことを覚えていらっしゃいますか」

一時期、新八も杵屋吉右衛門に弟子入りをしていたのだ。

「ええ、覚えています。でも、一年前に破門になったということでしたが」

新八は座り直した。

「ええ、博打にはまってしまって。その後、行方もわからなかったのですが、先日私の前に現れたのです」

「現れた？」

「はい」

その経緯を語ってから、栄次郎は思い切って口にした。

「音吉さんは亡くなりました」

「えっ、亡くなったんですか」

「ええ、首を吊ったんです」

「なんですって」

栄次郎は、音吉が病に罹って声が出せなくなったことに絶望して死を選んだと思うと話した。

「音吉さんはもう一度やり直したかったんですね」

新八がしんみり言う。

「ええ、さぞかし無念だったでしょう」

栄次郎は胸が詰まったが、

「すみません。帰るところを引き止め、よけいなことを聞かせてしまいました」

と、詫びた。

「とんでもない。あっしも稽古に行ったときに音吉さんには世話になりましたから」

そう言い、新八は改めて挨拶をして引き上げて行った。

栄次郎は昼餉《ひるげ》を馳走になってから、お秋の家を出た。

「また戻って来るのでしょう。今夜は旦那も来るんですよ」

お秋が背中に声をかけた。

「わかりました。戻って来ます」

そう言い、栄次郎はお秋の家を出た。


半刻（一時間）余り後、栄次郎は小石川の天正寺の境内に来ていた。

箒《ほうき》で境内を掃いている痩せた年寄りがいた。年格好からして目指す相手かもしれないと思い、栄次郎は近付き声をかけた。

「失礼ですが、喜平さんでしょうか」

目をしょぼつかせてこっちを見た。

「私は矢内栄次郎と申します。十年前まで御徒衆の塚本源次郎さまの御家で用人をされていた正木喜平さまですね」

「そうですが」

喜平は怪訝そうな顔をした。

「少し、お話をお伺いしたいのですが、よろしいでしょうか」

「どんなことを？」

「若党だった赤城弥三郎さんのことで」

「弥三郎……」

喜平は困惑した顔をしていたが、

「わかりました。こちらに」

本堂の裏手にある小屋に連れて行った。

軋《きし》む戸を開け、中に招じた。土間があり、四畳半の部屋があった。喜平は部屋に上がって、

「どうぞ、お上がりください」

と、勧めた。

「よろしいですか」

腰から刀を外し、栄次郎は遠慮せずに上がった。じっくり話を聞くには、上がって差向いになったほうがいいと思ったのだ。

「喜平さんはいつからここに？」

栄次郎は切り出した。

「十年前からです」

「塚本源次郎さまに不幸が襲った直後からですか」

「ええ。塚本家が廃絶になってほどなく」

「墓守になろうとしたのは、なぜですか」

「主人の墓を守っていくのは奉公人の務めですからね」

喜平が口許を歪めて言ってから、

「あなたは塚本家に何があったのかご存じか」

「はい、塚本源次郎さまが妻帯して間もないご新造を斬ったあとに登城し、詰所で上役を斬って逃走し、御徒町の組屋敷の自分の部屋で自害した。ご新造は上役と情を通じ合っていたと……」

喜平は目を閉じて聞いていた。

「源次郎さまは祝言を挙げられ、仕合わせの絶頂にあったのです。そこに、ご新造が上役と情を通じていることがわかった。どんなに苦しかったであろう」

「はい、なんとも悲惨なことで」

「上役と妻の裏切りに遭った源次郎さまが哀れでならなかった。墓守になって源次郎さまの墓を守っていこうと思ったのは自然の流れです」

「失礼ですが、喜平さんにご妻女どのは？」

「事件の起こる二年前に亡くなりました。だから、身軽だったのです」

「弥三郎さんも譜代のご家来だったとか」

「そうです、弥三郎の父親も塚本家で若党を勤めていました。源次郎さまと弥三郎は身分は違えども兄弟のようにして育ちました」

「では、弥三郎さんの源次郎さまに対する思い入れも相当なものだったのでしょうね」

「そうでしょうね」

「今、どこでなにをしているのかご存じですか」

「いや、知りません」

「お会いになったことは？」

「ありません」

「祥月命日《しょうつきめいにち》にお墓参りに来ることはなかったのですか」

「最初の二、三年は来ましたが、その後は……」

「もう来ていないのですか」

「ええ」

「祥月命日はいつですか」

「九月十六日です」

「もうすぐですね」

「ええ」

「塚本源次郎さまには姉上がいたそうですね」

「ええ。仲のよい姉弟でした。源次郎さまの亡骸の前で畳に突っ伏して泣いていたのを覚えています」

「姉上はお墓参りにはいらっしゃるのですか」

「祥月命日には必ず来られます。そして、私と源次郎さまの話をしてしばらく過ごしていきます」

「喜平さんは弥三郎さんに会いたいと思うことはないのですか」

「弥三郎には弥三郎の生き方がありますから」

喜平は苦しそうな顔をして言った。

栄次郎は不審を持った。喜平は弥三郎のことを知っているのではないか。

「源次郎さまはどのような顔立ちでしたか」

「細身の苦み走った顔をしていました」

「お幾つで？」

「二十八歳でした」

賊が口にした塚本源次郎と同じ特徴だ。

「喜平さんは、先日薬研堀の船宿で起きた人質事件をご存じですか」

「いや」

「瓦版でも騒いでいたのですが」

「それが何か」

「人質をとった賊は奉行所に対して、塚本源次郎を探し出せという要求を出してきたのです。二十八歳、細身の苦み走った顔ということでした」

「…………」

「たまたま同姓同名の塚本源次郎がいるのかとも考えましたが、両者の特徴が一致しているのです」

「…………」

「賊が口にした塚本源次郎は十年前にお亡くなりになった源次郎さまを思い描いてのことに違いないようです。賊は源次郎さまを知っていたということです。なぜ、知っていたのか」

「賊の一味に弥三郎がいるというのですか」

喜平は強い口調になった。

「十分に考えられるかと」

「ですが、なんのためにそんなことを？」

「わかりません」

栄次郎は喜平の皺の刻まれた顔を見つめ、

「喜平さんなら何か心当たりがあるのではないかと」

「あるわけないですよ」

喜平は怒ったように言う。

栄次郎は何か聞き忘れていることがないかと考えたが、思い浮かばない。

「上役の御家はどうなったのですか。次の代に引き継がれたのですか」

「いや。上役は不意打ちを食らったとはいえ、抵抗もせずにあっけなく討たれたことは不埒《ふらち》であるということで改易になった」

「では、お互いに御家はなくなったのですね」

「そうです」

喜平が難しい顔をした。

「何か」

「上役には子どもがいました。その子が何年も前から御家復興を働きかけているといいます」

「ひょっとして、その願いが通ると?」

「そのような話があるようです」

「弥三郎さんはそのことを知っていたのでしょうか」

「さあ、わかりません」

喜平は厳しい顔で言い、

「そろそろよろしいですか。仕事が残っていますので」

と、話を打ち切ろうとした。

栄次郎は天正寺をあとにしながら、ようやく賊の姿が見えてきたような気がした。

第四章　復讐

一

小石川の天正寺からお秋の家に戻った。秋の日の暮れるのは早く、辺りは薄暗くなりはじめていた。

土間に入ったとき、二階からちょうど芝田彦太郎が下りて来たところだった。

「芝田さま」

栄次郎は上がり框《かまち》まで駆け寄った。

「いくら待っても帰らぬので引き上げようとしたところだ」

彦太郎はほっとしたように言う。

「申し訳ありませんでした」

栄次郎は急いで上がり框に足をかけた。

二階の部屋で、彦太郎と差向いになった。

「何か、ありましたか」

栄次郎は気になってきいた。

「殺されたふたりのうち、ひとりの身許について妙なことがわかった」

「ふたりの男のひとりですか」

「『船幸』の女将が知らせてくれたのだが、浜町堀で小さな呑み屋をやっているおまきという女が久しぶりに昨夜客といっしょにやって来た。そこで、人質事件の話になって、犠牲になった商人ふうの三十半ばの男の身許がわからないらしいと女将が言うと、おまきは以前に一度、『船幸』でそのふたりを見かけたことがあったそうで、そのうちのひとりを知っていると言ったそうだ」

「ほんとうですか」

「うむ。それで浜町堀のおまきの店に行き、話を聞いてきた」

彦太郎は息継ぎをし、

「おまきは三年前まで三島宿《みしましゅく》で芸者をしていたそうだ。そこで、旅籠《はたご》の座敷に呼ばれたとき、三十過ぎと思える旅絵師がいた。鷲鼻《わしばな》で右耳の下に黒子《ほくろ》があった。おまきがその後江戸に出て来て、『船幸』で見かけた男も鷲鼻で、右耳の下に黒子があり、同じ特徴だったので覚えていたそうだ」

「ひょっとして殺された男も同じ特徴を？」

「そうだ。薬研堀で殺された男だ。確かに鷲鼻で、右耳の下に黒子があった。おまきは『船幸』でその商人を見たとき、雰囲気がまったく違っていたが、三島宿で会った旅絵師だと思ったそうだ」

「似たようなひとだったとか」

「おまきは絶対にそうだと言い切っている。ただ、旅絵師というだけで、名前も覚えていない」

「旅絵師ですか」

栄次郎は考え込んだ。

「身許がわからなかったものがようやく手掛かりが転がり込んできたと思ったら、こんな妙な話だ。手掛かりにもならん」

彦太郎が嘆くように言う。

「いや、大きな手掛かりです」

「なに？」

「いまだに身許がわからないのは不思議です。身近にいる者がいなくなったら、誰もが騒ぐはずです。それがないのは気づいていないからではありません。名乗って出られないからではありませんか」

「…………」

「商人ふうの三十半ばの男ふたりをただ殺すだけだったらどこぞで襲撃してもよかった。でも、賊はそれが出来なかった」

「なぜだ？」

「ふたりが襲われれば下手人が推測出来てしまうからではありませんか。だから、塚本源次郎を探せという人質事件を起こして、ふたりを殺したのです」

「ふたりを殺すのが狙いだとどうして言えるのだ？」

「最初から気になっていたことがありました。立て籠もりが起きたとき、二階の窓から侵入しようとした同心は刺されて屋根から転落しましたね。怪我をしましたが、傷はたいしたことではなかったようですね」

「うむ。かすり傷程度だ」

「階段をあがって行った小者も刺されはしましたが、たいした怪我ではなかった。あの賊はふたり以外にはあまり危害を加えていないのです」

「……」

「狙いは商人ふうの三十半ばの男ふたりだったのです。殺した側は自分たちが殺《や》ったとは疑われない方法で殺しを実行し、殺された側は身分を明らかに出来ない」

「公儀隠密……」

「御庭番ではないかと。そう考えると、諸々腑《もろもろふ》に落ちます。ふたりはある大名家を探っていた。ひとりは国元に出向き、もうひとりは江戸の上屋敷。国元から戻った男と『船幸』で落ち合っていた」

「……」

「それに気づいて、大名家は隠密を始末しようとした。何か拙《まず》いことを嗅ぎつけられたのでしょう。しかし、そのまま殺せば、疑いは大名家に向かいますから」

「公儀のほうも、殺された男が隠密だとは明らかに出来ぬというわけだな」

「そうです」

「では、どこの大名家だ?」

「わかりません」

「殺された男が隠密だという証《あかし》は?」

「ありません」

「では、勝手な想像でしかないではないか」

「ですから、今の考えが正しいかどうかを探索するのです」

「どうやってやるのだ？　手掛かりはないのだ」

「手掛かりは、塚本源次郎です」

「塚本源次郎？」

「私の考えはこうです」

栄次郎は十年前の上役と自分の妻女を殺して自害した塚本源次郎の屋敷の奉公人について話した。

「用人の喜平は墓守をしていますが、若党の弥三郎はその後の消息がわかりません。ですが、私は賊の中に弥三郎がいると思っています。いや、弥三郎こそ頭目。塚本源次郎を探せというのは弥三郎の考えでしたこと」

「…………」

「弥三郎は隠密の探索を受けている大名家と繋がりがあるというのか」

「はい。大名家のどなたかと繋がりがあるはずです」

「その大名家をどうやって見つけ出すのだ？」

「手掛かりは隠れ家です」

「隠れ家？」

「賊は亀戸村の五百羅漢寺近くの廃屋に人質を閉じ込めておきました。しかし、賊のほんとうの隠れ家は別にあると思います。あそこで長い期間暮らしていたら、不審に思われます」

「どこだ？」

「あの近くには大名の下屋敷がいくつかあります」

「下屋敷……」

「公儀隠密のふたりが薬研堀の船宿を使っていたのは、あの近くに探索する大名屋敷があったからではないでしょうか」

「浜町堀周辺か」

「さすがにそこでは近すぎると思います。駿河台《するがだい》・小川町《おがわまち》か下谷《したや》。駿河台・小川町は少し離れているかも」

「では、下谷か」

「はい。下谷に上屋敷があり、五百羅漢寺周辺に下屋敷を持つ大名」

「なるほど。その条件に合う大名家は数が限られる」

彦太郎の目が鈍く光った。

「さっそく調べてみよう。が、条件に合う大名家があったとしても、公儀隠密に目をつけられたところだということを明らかにすることは難しい」

「そうですが、そこを押さえておけば、他の面からの探索次第でいっきに核心に迫れましょう」

「他の面からの探索とは何か」

「弥三郎です。弥三郎を探すのです」

「探すにも糸口が必要だ」

「糸口は寺男の喜平です。喜平と弥三郎はつきあいがあるはずです。喜平は弥三郎が墓参りに来ていないと言っていましたが、私は毎年祥月命日には来ていると思っています。人質事件で、塚本源次郎の名を出すほどの男です。きっと忘れてはいないはずです」

　お墓参りのあと、弥三郎は喜平と塚本源次郎のことを語り合っているのではないか。源次郎の姉もいっしょか。

　栄次郎は弥三郎もまた喜平と同じように忠義のひとのように思えていた。

「九月十六日は塚本源次郎の祥月命日です。この日、源次郎の姉もお参りに来るはずです。きっと弥三郎も来ます」

「待ち伏せて、弥三郎を捕まえるか」

「いえ。そこに現れるのは若党だった弥三郎です。賊の一味の証はありません。あとをつけ、住まいを確かめるだけです」

「しかし、うまく尾行が出来るか。失敗したらどうするのだ？　喜平を問いつめても何も答えまい、弥三郎の味方だろうからな」

「弥三郎の件は私に任せていただけませんか。奉行所に関係ない私のほうが万が一気づかれた場合でもなんとか言い訳が出来ます。それに、私の考えが正しいかどうかわからないのですから」

「わかった。任せよう」

彦太郎は素直に栄次郎の意見を聞いてくれる。崎田孫兵衛の後ろ楯があるからではない。彦太郎の人柄なのだろう。

なんとか彦太郎に手柄を立てさせてあげたいと、栄次郎は心より思った。

「芝田さまは大名家を調べてくださいますか」

「わかった。そうしよう。では」

腰を上げかけたが、彦太郎は再び座り、

「冬二のことだが、探索に手を貸してもらった間、仕事をすることが出来なかったので、そのぶんの償《つぐな》いをしようしたのだが、冬二は断るのだ」

「そうですか」

「遠慮せず、受け取るようにそなたから言ってきかせてもらいたい」

「わかりました」

「それにしても、なぜ断るのかわからん」

「おそらく、死んでも構わない、いえ、もしかしたら死ねるかもしれないと思って手を貸してくれたのです。そんな気だったので、もらうに値しないと思っているのではないでしょうか」

「あの男には翳《かげ》があると思っていたが……」

彦太郎はため息をついた。

「好いた女子《おなご》が不慮の死を遂げたということだが、何があったのだ？」

「詳しいことは聞いていません」

「そうか」

「でも、芝田さまのお言葉を伝えておきます」

「頼んだ」

彦太郎は立ち上がった。

階下まで彦太郎を見送ったあと、栄次郎はしばらくして出かけた。

高砂町の冬二の長屋に入って行く。

隣りに誰かが引っ越して来たようで、荷物を運んでいた。夫婦者のようだ。

栄次郎は冬二の家の腰高障子を開けた。冬二は小机に向かって彫りものをしていた。

「矢内さま」

冬二は顔を上げた。

「どうぞ、区切りのいいところまで」

「へえ、だいじょうぶです」

小机の前から体を移動させた。栄次郎は上がり框に腰を下ろした。

「冬二さん。南町の芝田さまから頼まれました。身代わりになってもらったときの償いを受け取ってもらいたいそうです」

栄次郎は口にする。

「この前も申しましたように、あっしは自分なりの損得で引き受けたことなんです。そんな高尚なことをしたわけじゃないんです。遠慮させてください」

「しかし、わけがどうあろうと、冬二さんが人質の命を救ったことは間違いありません」

「…………」

「冬二さん。素直にもらっても罰は当たりませんよ」

「そうでしょうが、なんとなく後ろめたさがあります」

冬二は頑《かたく》なだった。

「もうしばらく考えてから、最後の返事をしてみたらいかがですか」

「わかりました」

冬二は素直に応じた。

「ところで、何度もきいて申し訳ありませんが、賊に閉じ込められているとき、賊の姿を見ているのですね」

「ええ。みな頭巾をかぶっていたので顔は見ていませんでしたが」

「お頭《かしら》らしき男のことを覚えていますか」

「ええ。みなを指図していた男がいました」

「幾つぐらいかわかりますか」

「さあ、四十過ぎかも」

弥三郎は三十代半ばだ。弥三郎は頭目ではないのかもしれない。

「賊はその男のことをどう呼んでいましたか」

「呼んでいるのを耳にしていません」

「三十代半ばぐらいの男はいましたか」

「なにしろ頭巾をかぶっていたので、年齢もよくわかりません」

冬二は首を横に振った。

「賊の中で、弥三郎という名は出ませんでしたか」

「弥三郎……」

冬二は微《かす》かに顔色を変えて、

「弥三郎って誰なんですか」

と、きいた。

「賊が名指しした塚本源次郎と同姓同名の塚本源次郎という武士がいます。十年前に自害しました。その家で若党をしていた男です」

「その弥三郎が事件に関与しているんですかえ」

冬二は険しい顔できいた。

「いえ、まだわかりません」

栄次郎は首を横に振ってから、

「一味の中に侍を見ましたか」

「いえ、私は見ていません」

「冬二さんが目にした賊は何人でしたか」

「三人です。すぐに目隠しをされたので他にもいたのかもしれませんが、三人だけはわかりました」

「三人ですか」

「ええ。私が関わったのは三人です」

『船幸』に押し入ったのは五人、そのうちのふたりは浪人だった。三人というのは『船幸』に押し入った浪人たちだろう。

『船幸』から人質三人を連れて船で羅漢寺の近くの隠れ家に連れて行くには五人では不足であり、あと三人ぐらいはいただろうと考えた。賊は全部で八人、あるいはもう少しいたかもしれない。

それだけの一味がいるということから盗賊の集団ではないかと考えた。しかし、背後に大名家が控えているとしたら……。

「矢内さま」

冬二が窺うような目できいた。

「弥三郎という男を見つける手掛かりはあるんですか」

「いえ。若党をやめたあと、どこでどうしているのか、誰も知らないようです」

「そうですか」

栄次郎は祥月命日の墓参りの件は黙っていた。弥三郎がほんとうに墓参りするかどうかわからないということもあるが、それ以上に弥三郎の名を出したときに冬二が顔色を変えたことに引っ掛かりを覚えたのだ。

「では、私はこれで。さっきの芝田さまの申し出をよくお考えください」

そう言い、栄次郎は冬二の家を出た。

木戸の前で立ち止まって、振り返る。なぜ、冬二は弥三郎の名に顔色を変えたのか。

予期せぬ名を聞いて、驚いたように思えた。

それに、お頭の年齢は四十ぐらいと言いながら、三十代半ばの男のことをきいたら、頭巾をかぶっていたので年齢はわからないと言った。

冬二のことを調べてみる必要があるかもしれない。そう思いながら、栄次郎は長屋をあとにした。

二

翌日、栄次郎は芝露月町の錺職人の親方を訪ねた。

『彫政《ほりまさ》』と書かれた戸障子を開けると、仕事場に白髪《しらが》の目立つ男と若い職人が四人、それぞれに背中を丸めて小机を覗き込むようにして彫りものをしていた。

「失礼します」

栄次郎は土間に入って声をかけた。

右端にいた若い男が立ち上がって上がり框までやって来た。

「親方にお会いしたいのですが」

「どのようなことで？」

「以前、こちらにいらっしゃった冬二さんのことで」

その声が聞こえたと思うが、白髪の目立つ親方らしい男は金槌《かなづち》を使う手を休めなかった。若い職人は親方のそばに行き、声をかけた。

それでも、親方は作業を続けている。真剣な目つきだ。

若い職人が戻って来て、

「今伝えましたから、切りがいいところまでお待ちください」

と、告げた。

「わかりました。では、待たせていただきます」

栄次郎は土間の隅に佇《たたず》んだ。

冬二はあのようにここで簪《かんざし》やら刀の鍔《つば》に装飾を施していたのだろうと、職人たちを見ながらその姿を想像した。

「お侍さん」

さっきの若い職人が声をかけた。

「親方が」

と、白髪の目立つ男を指し示した。

「わかりました」

栄次郎は親方の近くに行った。親方も上がり框に近付いて来た。

「冬二がどうかしましたか」

親方がいきなりきいた。

「いえ、そうではありません。ただ、少し冬二さんのことが知りたくて参りました」

「冬二は今どこに？」

「日本橋の高砂町です」

「日本橋ですかえ」

　親方は眉根を寄せ、

「で、元気にしているんですか」

「元気なことは元気なんですが、何か屈託《くったく》がありそうなんです。それが何か知りたくて」

　栄次郎はそう心配を口にしてから、

「冬二さんはなぜここをおやめに？」

　と、きいた。

「やめたんじゃない。独り立ちしていったんだ。嫁さんをもらうことになっていてな」

「嫁さん？　冬二さんにおかみさんがいたのですか」

「いや、所帯を持つ前に女が死んだ」

「死んだ？」

「川に飛び込んでな」

「自分で死んだのですか」

「そうだ。可哀そうに」

「何があったのですか」

「料理屋で働いていた、おいとという娘だ。客で来ていた男に手込めにされたそうだ。そのことを苦に自ら死を選んだのだ」

「誰がそんなひどいことを？」

「相手はわからねえ。武士だというだけで、名もわからなかったらしい」

「料理屋の女将《おかみ》は？」

「相手をかばっているらしく、知らないと言うだけだった。同心の旦那が調べてくれたが、わからなかった」

「でも、どうして手込めにされたことがわかったのですか」

「別の朋輩《ほうばい》が奥の座敷から髪がもつれ、着物を乱したおいとが泣きながら出て来るのを見ていたそうだ」

「その朋輩は客の名を知っているはずですね」

「ところが、あとから自分が見たのは勘違いだったと言い出したんだ」

「勘違い？」

「おそらく、朋輩の女中も女将から言われ、翻《ひるがえ》したのだろう」

「どこの料理屋なのでしょうか」

「木挽町《こびきちょう》にある『柳家《やなぎや》』という料理屋だ。そこはうちのお得意先でね、冬二は注文の品物を届けるうちにおいとという女中と親しくなったんだ。俺も知っているが、器量がよく、気立てもいい。お似合いだと喜んでいたんだが」

「それはいつのことですか」

「一年前だ」

「冬二さんはその後、どうしたんですか」

「毎日、おいとの墓の前で過ごしていた。なんとか立ち直るのを待っていたが、半年経ってもいっこうによくならなかった。俺も半ば匙《さじ》を投げた。そのうち、住んでいた長屋を引き払ってどこかに行ってしまった。俺に何の挨拶《あいさつ》もなくな」

「それからは冬二さんとは会っていないのですね」

「会っていない。ずっと目をかけてきた男だったが……」

「親方は孤児だった冬二さんを内弟子にして一人前の職人にしたそうですね」

「冬二から聞いたのか」

「高砂町の長屋の大家さんから聞きました。冬二さんは大家さんには、親方への感謝を口にしていたようです」

「そうか」

親方は顔をこすってから、

「冬二は仕事をしているのか」

「ええ、錺職の仕事を」

「そうか、仕事をしているか。だったら、俺のところに顔を出せばいいのに。水臭い野郎だ」

親方は不満を口にしてから、

「まだ、完全には立ち直っていないようだな」

と、ため息をついた。

「おいとさんに乱暴した侍の名を、冬二さんは調べていたんでしょうか」

「調べていたと思うが、『柳家』の女将は手込めのことを否定していたからな。聞き出せたかどうかわからない」

「なぜ、客をかばうんでしょうか」

「そんなことが自分の店であったなど世間体《てい》が悪いからな。それより、客をかばっているんだ」

「客は武士でしたね」

「そうだ。おそらく、上得意の客の名はわかっても、おいとを辱《はずかし》めたという証はないからな。おいとは死んでいるし」

「おかげで、冬二さんの翳の理由がわかりました」

栄次郎は礼を言い、引き上げかけた。

「冬二に顔を出せと言っていたと伝えてくれ」

「わかりました」

栄次郎は土間を出た。


新橋《しんばし》を渡り、木挽町にやって来た。

木挽橋の近くに料理屋の『柳家』があった。名のとおり、門を入ったところのしだれ柳が目についた。

一年前のことをきいても誰も答えてはくれまい。おいとのことはなかったことにされているはずだ。

おいとが奥座敷から逃げて出て来たのを見たという朋輩はその座敷に誰が来ていたかは知っているはずだ。だが、女将に口止めされているだろう。

しばらく『柳家』の門前にいたが、客らしい年配の男女が門を入って行ったのを潮に、栄次郎はその場を離れた。

冬二に問いかけてみることも考えたが、自分のことを調べられていると知ったら警戒するだろう。

新八の手が空いたら調べてもらおうと考え、栄次郎は途中、薬研堀の船宿『船幸』に寄った。

客の出入りも多く、船もだいぶ出払っているようだった。

女将が近付いて来て、

「矢内さま」

と、頭を下げた。

「繁盛なさっているようですね」

「おかげさまで。あの事件のおかげで変に有名になってしまったようです」

「まさか、お客が事件のことを話してくれとせがむわけではないでしょう」

女将は苦笑した。

「ところがそうなんですよ。やたら、事件のことをきいてくるお客は多いです」

「そうですか。ところで、女中のおときさんにお会いしたいのですが」

「おときですか」

少々、お待ちくださいと言い、奥に向かった。

おときが手を拭きながら出て来た。

「すみません、お忙しいところを」

「いえ、私も矢内さまにお会いしたいと思っていたんです」

「なにか」

栄次郎は思わず緊張した。

「昨日、ここに三人のお客さんが来ました。以前にも来たことがあります。その中の商人ふうの男のひとの声が賊のひとりの声に似ていたんです。偶然かもしれないのですが」

「なんという名ですか」

「もうひとりのひとが勘助《かんすけ》と呼んでいました」

「もうひとりの男というのは？」

「三十五歳ぐらいのがっしりした体つきの男です。眉が濃く、目つきは鋭い感じでした」

「勘助と呼ばれた男はいくつぐらいですか」

「三十過ぎでしょうか。あともうひとりも三十歳ぐらいです」

「その三人は以前にも来たことがあるんですね」

「はい」

「どんな話をしていたか覚えていませんか」

「いえ。ただ、お酒を運んだだけですから。でも、昨日来たときは、事件のことや探索の様子をきいていました」

奉行所の動きを探りに来たのだろうか。

「殺された商人ふうの三十半ばの男のひとが来たとき、その三人も客で来ていたかどうか覚えていませんか」

「いえ、そこまでは……」

おときは首を横に振ったあとで、あっと声を上げた。

「思い出しました。商人ふうの三十半ばの男のひとの部屋にお酒を持って行ったら、勘助というひとがその部屋の前にいたのです。私の顔を見て、厠《かわや》の帰り、部屋を間違えたと言って自分の部屋に戻って行きました」

「人質になったふたりの部屋の前に勘助がいたのですね」

「はい。そうです」

盗み聞きをしていたのか。いずれにしろ、その三人は商人ふうの三十半ばの男を見張っていたのかもしれない。

「それはいつごろのことでしたか」

「それから数日して事件が起きました」

「そうですか」

間違いない。三十五歳ぐらいのがっしりした体つきの男こそ、弥三郎ではないか。

「昨日の三人は何者なんですか。まさか、賊だと」

おときが不安そうな顔になった。

「心配いりません。それに、もう来ることはないと思います」

「……………」

「お仕事の邪魔をしてすみませんでした。何も心配することはありませんから」

栄次郎はもう一度言ってから『船幸』の土間を出た。


栄次郎は黒船町のお秋の家に戻った。

夜になって、崎田孫兵衛がやって来た。

栄次郎は長火鉢の前で煙草《たばこ》を吸っている孫兵衛に声をかけた。

「崎田さま。一年前のことで、ご報告を受けているかどうかわかりませんが、木挽町の『柳家』の女中が客に凌辱されたことを苦に川に身を投げて死んだという事件があったそうです」

孫兵衛は顔をしかめて煙管を口から離した。

「聞いている」

「でも、『柳家』の女中が客に凌辱されたという事実はないということになったそうですね」

「その証はなかった」

「深く調べなかったのでしょうか」

「そうだ」

「なぜ、なんでしょうか」

「問題の客は旗本で、用人が否定していた。女将も違うと言っているし、なんら証もなく、深く追及出来なかったと聞いている」

「でも、じっさいに女中は身投げしています」

「別の理由があったんだろう」

「しかし、所帯を持つことになっていたそうです」

「それがうまくいかなくなって絶望したのかもしれないと探索した同心が言ってい

た」

「それは違います」

栄次郎は声を強めた。

「許嫁《いいなずけ》の男はそのことで悲嘆にくれているのです」

「一年前のことがどうかしたのか」

孫兵衛は不思議そうにきいた。

「人質事件で、塚本源次郎の身代わりをしてくれた冬二さんが許嫁なんです。生きていく気力を失っているんです。自分で死ぬ勇気がない。でも、殺されるならそのほうがいい。そういう気持ちで、引き受けてくれたのです」

「……………」

「もっと探索をすべきだったんです。たとえ、相手を罰することが出来なくても、真実を明らかにしていれば冬二さんの気持ちを少しでも癒すことが出来たのではありませんか。相手に遠慮して真実を明らかにしなかった奉行所に対しても……」

そこまで言って、栄次郎は内心ではっとしてあとの言葉を呑んだ。

冬二はおいとを失った悲しみに、凌辱した侍に対する怒り、そして何もしなかった奉行所にも絶望していたはずだ。

冬二は死んでも構わないという自暴自棄《じぼうじき》からではなく、奉行所に対する怒りから身代わりを務めたのではないのか。

「どうした？」

孫兵衛は急に黙りこくった栄次郎に不審そうな目を向けた。

「いえ、なんでもありません」

栄次郎はあわてて言ってから、

「念のために、女中を凌辱したと疑いのあった武士の名前を教えていただけませんか。冬二さんには、奉行所は何もしなかったわけではなく、相手が旗本だったので手が出せなかったのだということを話してあげたほうがいいように思えます」

「掛かりだった同心にきいておく」

「お願いいたします」

「うむ」

孫兵衛は頷いたあとで、

「今度の件でも、公儀隠密と大名が絡んでいるかもしれないと、芝田彦太郎が言っていたが……」

と、切り出した。

「はい。そう考えたほうがいろいろなことで腑に落ちます」

「しっかとした証がないまま突き進んでは、奉行所も傷を負いかねない。慎重に行わねば……」

孫兵衛は表情を曇らせた。

「しかし、疑いがあれば調べるべきです」

「調べられること自体が、向こうにとって不快なのだ。明らかな証がないと。それに今回の場合は、殺されたふたりが公儀隠密だということを奉行所で明らかに出来ない。公儀隠密、すなわち御庭番だとしたら上様が直々に命令を下しているはずだ。秘密であるはずのことを奉行所が明らかにしても御庭番の者たちは自分たちの仲間だとは認めまい。殺されたのが隠密でなければ大名家がそのふたりを殺す理由はないということになる」

孫兵衛は厳しい声で続ける。

「はっきり言って、この事件の探索は厳しいと言わざるを得ない」

「崎田さまの仰《おつしや》ることはよくわかります。でも、奉行所にどこかから強い働きかけがあろうが、真実を明らかにすべきではありませんか」

栄次郎は強く訴えた。

「そうだが……」

孫兵衛は苦い顔をして押し黙った。

確かに犠牲になったのは隠密と思われるふたりだけだ。だが、人質になった者たちは死の恐怖を数日間も味わうことになったのだ。

真実を明らかにせねばならないのだ。この事件に関わった者としての使命だと、栄次郎は自分自身に言い聞かせた。

栄次郎はお秋の家を出て、神田《かんだ》の明神下《みようじんした》にまわった。

新八の長屋に行った。五つ（午後八時）を過ぎているが、新八はまだ帰っていなかった。兄からの依頼の探索で忙しく動きまわっているのだ。

四半刻（三十分）待ったが、帰って来そうもなかった。栄次郎は諦めて長屋木戸を出た。すると、前方から新八がやって来るのがわかった。

三

九月十六日。栄次郎は朝早く小石川の天正寺の山門を入った。

弥三郎がお墓参りに来るとしたら早朝だろうと見当をつけた。日中は人目が気になるだろうと想像したのだ。

本堂からは僧侶の朝の勤行《ごんぎょう》がはじまっていた。寺男の喜平が墓地の掃除をしていた。

栄次郎は墓地の中に入って行った。喜平が驚いたような目を向けた。

「どうしてここに？」

喜平がきいた。

「弥三郎さんに会いたいのです」

「どうして、弥三郎が来ると思ったのですか」

「忠義に厚いひとだったからです」

「弥三郎は墓参りに来ていませんよ」

「しかし、今年は来ると思います」

「どうして、そう思われるのですか」

「人質をとった賊は奉行所に対して、塚本源次郎を探し出せという要求を出してきたのです。塚本源次郎どのに思い入れのある人物だから、その名を出したのです。そんな人物なら祥月命日にお墓参りをするだろうと」

「それが弥三郎だと？」

「そうだと、私は睨んでいます」

だんだん空が白んできた。

「塚本源次郎さまのお墓はどちらでしょうか」

「この一段上の奥です」

栄次郎はそこに向かった。

塚本家の墓はひっそりと佇んでいる。栄次郎は手を合わせた。

「もう十年経ちましたが、源次郎さまが自害したときのことをまだまざまざと覚えています。登城したはずの源次郎さまがすぐに屋敷に帰って来たのです。そのときの顔は青ざめて強張っていました。呼ぶまで来るなと言い、自分の部屋に入って行ったきり、なかなか出て来ない。そのうち、城からの追手が玄関にやって来て、城内で刃傷《にんじょう》があったと。驚いて部屋に行くと、源次郎さまは切腹し、そばに斬られて死んだご新造が……」

喜平は墓を見つめながら昨日のことのように言う。

「でも、喜平さんのようなお方がいてくれて、源次郎さまも安らかに過ごせるでしょう」

「生きていれば三十八歳です。子どももいて、楽しい暮しが送れたでしょうに」

「ところで、ご新造さんの遺骨はここには？」

「入っていません。源次郎さまを裏切った女ですから。向こうの実家のほうで引き取っていきました」

「ご新造の親も娘と上役の関係を知らなかったのですか」

「知っていました」

「知っていて源次郎さまに？」

「そうです。みなで、よってたかって源次郎さまを騙《だま》したんです」

「ご新造の二親《ふたおや》は健在なのですか」

「父親は亡くなりました」

「亡くなった？　いつごろですか」

「十年前です」

「十年前？」

「源次郎さまのことがあってひと月後です」

「ひと月後……」

「矢内さまは、なぜ人質事件に関わっているのですか」

「たまたま現場に居合わせたのです。生来のお節介焼きでして」

「そうですか。で、矢内さまは弥三郎が人質事件に関わっていると思っているのですね」

「はい」

「その根拠が、塚本源次郎の名を出したことだと？」

「そうです」

ふとひとの気配がし、栄次郎は顔を向けた。

三十五歳ぐらいの遊び人ふうの男が桶と花を持って立っていた。がっしりした体で、眉が濃い。

「弥三郎さんですね」

喜平に確かめる。

「いえ。違います」

喜平が行く手を遮った。

「どいてください」

栄次郎は喜平をどかそうとしたが、弥三郎は異変に気づいて引き返した。喜平から逃れてやっとあとを追ったが、桶と花を地べたにおいたまま弥三郎は逃げて行った。

栄次郎が本堂の脇まで来たとき、男は山門を飛び出していた。

栄次郎は喜平のところに戻った。

「今のは弥三郎さんですね」

「………」

「喜平さん。かばいたい気持ちはわかりますが、弥三郎さんは人質事件を引き起こし、人質ふたりを殺しているのです」

「弥三郎ではありません」

「では、なぜ逃げたのですか。あなたの様子を見て、あわてて引き返して行きました。喜平さん。お話ししていただけませんか」

「………」

喜平は口を一文字に結んでいた。

「わかりました」

栄次郎は口を開かせるのを諦め、

「せっかくの花がもったいないですね。お墓にお供《そな》えしてあげたらいかかですか」

喜平は弥三郎が置いて行った桶と花をとって来て墓に供えた。

「喜平さん。私はこれで」

栄次郎は声をかけて引き上げた。

お秋の家で待っていると、新八がやって来た。

二階の部屋で、差向いになった。

「ご苦労さまです」

栄次郎はねぎらった。

「あの男は上野新黒門町《うえのしんくろもんちょう》の『但馬屋《たじまや》』という骨董屋に入って行きました。近所できいたら、離れに住んでいる男だそうです」

新八は弥三郎をつけていったのだ。

「『但馬屋』とはどういう関係なのでしょうか」

「奉公人とは違うようです。用心棒代わりかもしれません」

「新黒門町の周辺には大名の上屋敷が幾つかありますね」

「ええ」

「どうしますか」

「いずれ本人に直《じか》に当たってみます」

「何かお手伝いすることがあれば」

「新八さんのほうは片がつきそうなのですか」

「へえ、じつはひとつだけ気になることがありましてね。今、そのことを調べています」

新八は小普請組頭の稲村咲之進が脇差で自分の喉《のど》を掻き切って自害した件を調べている。稲村家は自害の事実を隠し、病死として届け出たが、子息の咲太郎が自害に疑問を抱いたのだ。

「ただ、それが一年前のことなので」

「一年前?」

「ええ、そうです。一年前に……」

そのとき、お秋の声がした。

「栄次郎さん。芝田彦太郎さまがお見えです」

「ここにお通しください」

栄次郎は頼んだ。

やがて、階段を上がる足音がして、彦太郎が顔を出した。

「芝田さま。お引き合せいたします」

そう言い、彦太郎と新八を引き合わせた。

「芝田さま。何か」

栄次郎は興奮ぎみな彦太郎にきいた。

「条件に合う大名家を見つけた」

「どこですか」

「瀬尾伊勢守《せおいせのかみ》だ。上屋敷は下谷長者町《ちょうじゃまち》に、下屋敷は亀戸村の五百羅漢寺に近い」

「瀬尾伊勢守さま」

栄次郎は呟《つぶや》く。

「西国《さいごく》の二十万石の大名だ。ただ、公儀隠密が瀬尾家の何を調べていたのか、瀬尾家で何が行われているかわからん」

彦太郎は悔しそうに唇《くちびる》を歪めた。

「残念ながら瀬尾家に何があったかを調べるのは無理でしょう」

「うむ。仮にあったとしても、我らは手出しは出来ぬ。明らかな証があれば、大目付さまに訴えることも出来ようが」

殺されたふたりは御庭番か、それとも大目付が放った密偵か。いずれにしろ、素姓は明らかになるまい。

崎田孫兵衛が言うように、瀬尾家の仕業《しわざ》だとするには殺されたふたりが隠密であったことを明らかにしなければならない。だが、それは難しい。

「やはりここまでかもしれぬな」

彦太郎はため息混じりに言う。

「芝田さま。瀬尾家のことは考えずにおきましょう」

「…………」

「あくまでも立て籠もりから人質をとって逃走した賊を追いましょう」

「しかし、手掛かりはない」

「見つけました」

「なに？」

「十年前に自害した塚本源次郎の屋敷で若党をしていた弥三郎という男の居場所を、新八さんが突き止めてくれました。上野新黒門町です」

栄次郎は事情を話した。『船幸』のおときという女中が弥三郎らしい男の顔を覚えていたことを話すと、彦太郎は気持ちを昂《たかぶ》らせた。

「では、賊が弥三郎だとすると、瀬尾家の誰かからの依頼であのような人質事件を起こしたことになるのか」

「証はありませんが、弥三郎と瀬尾家のどなたかとがつながっているはずです」

「しかし、それも想像でしかないな」

昴った気持ちが急に冷えたように彦太郎は悲観した。

「はい。ですから、弥三郎を問いつめて白状させるしかありません。が、弥三郎はおいそれと白状などするはずはないでしょう」

「どうするのだ？」

「弥三郎に二六時中《にろくじちゅう》、見張りをつけていただけますか。私が弥三郎に揺さぶりをかけます。きっと仲間のもとに向かおうとするでしょう」

「しかし、見張っていることに気づかれたら？」

「気づかれてもかまいません。弥三郎を追い詰めるのです。それで何かぼろを出すかもしれません」

「うまくいくか」

「わかりません。でも、弥三郎が真相への唯一の糸口なのです。弥三郎をあわてさせることが必要です。瀬尾伊勢守のことを口にして弥三郎の反応を見てみます」

「だめでもともとか。よし、やってみよう」

彦太郎はようやく重い腰を上げ、

「半刻（一時間）後に、新黒門町の自身番で落ち合おう」

と言い、部屋を出て行った。

「新八さん、弥三郎の家を詳しく教えてください」

「案内します」

新八は腰を上げた。

「すみませんね」

栄次郎は頭を下げた。


栄次郎と新八は新黒門町にやって来た。

骨董屋の前を素通りしてから引き返す。再び、骨董屋の前に差しかかった。薄暗い店座敷に鎧《よろい》兜《かぶと》や茶器、香炉などが置いてあった。

通りを眺めていた店番の四十年配の男と目が合った。少し顔色を変えたような気がした。行きすぎたとき、男が立ち上がるのが見えた。

後戻りをして店を覗く。男が奥に消えたのがわかった。

「離れに知らせに行くのでは」

新八が心配した。

「裏にまわってみましょう」

栄次郎と新八は裏口にまわった。

しばらくして戸が開き、男が様子を窺いながら出て来た。三十五歳ぐらい。眉が濃く、鋭い目つきだ。弥三郎だ。

栄次郎は前に出た。

弥三郎はあっと声を上げた。

「弥三郎さんですね」

栄次郎は確かめる。

「どなたかと勘違いなさってはいませんか。あっしは……」

「最前、小石川の天正寺でお会いしましたね」

「いえ。あっしはそんなところには行っちゃいません」

「弥三郎じゃないと言うのはともかく、天正寺に行っていないってのは拙《まず》かったですぜ」

新八が横合いから口を出した。

「なんだと」

弥三郎はあわてた。

「天正寺からあっしがここまでつけて来たんですからね。言い訳はききませんぜ」

「俺が何をしたというんだ？」

開き直ったように、弥三郎は強い態度に出た。

「何もしていないのになぜ逃げるのですか」

「別に逃げているわけじゃない」

「じゃあ、話を聞かせていただけますか」

「話ってなんだ？」

「ここでは話が出来ません。中に入れていただけませんか」

「だから、話ってなんだってきいているんだ？」

「あなたは十年前に自害した塚本源次郎さまのお屋敷で若党をしてきた弥三郎さんですね。きょうは源次郎さまの祥月命日で墓参りに」

「だったら、どうしたっていうんだ？」

「あなたは薬研堀の船宿『船幸』に行ったことはありませんか」

「ないね」

「一度もですか」

「そうだ」

「へんですね。あなたが三人で『船幸』を訪れたときいたんですが、その中のひとりを、あなたは勘助と呼んでいたそうではないですか」

弥三郎は目を見開いた。

「中に入れていただけますね」

栄次郎は迫るようにきいた。

弥三郎は厳しい顔で、

「入れ」

と言い、先に裏口に入った。

「あっしは芝田さまをお待ちします」

新八が声をかけた。

「お願いします」

栄次郎は答えてから裏口を入った。

離れは六畳一間で、弥三郎が長く暮らしているような様子だった。

「あなたは若党の弥三郎さんに間違いないのですね」

「そうだ」

弥三郎はやっと認めた。

「塚本家がなくなったあと、あなたはここで?」

「ここに厄介になった。ここの主人が源次郎さまの屋敷に出入りしていて、俺も親しくしていたのでね」

　弥三郎は観念したかのように素直に喋《しゃべ》った。

「何をなさっているのですか」

「ここの店の手伝いをしたり、いろいろだ」

「『船幸』には行ったことは？」

「ない」

「ほんとうですか」

「しつこいですぜ」

「あなたのお仲間に勘助というひとはいますか」

「いない」

　この話になると、とたんに態度が変わった。

「先日、『船幸』に五人組の賊が押し入り、人質をとって立て籠もるという事件があったのですが、ご存じですか」

「瓦版で知った」

「賊は奉行所に塚本源次郎を探し出せと要求しました。塚本源次郎とはあなたの主人だった塚本源次郎さまのことでは？」

「そんなはずない。源次郎さまは亡くなって十年も経つんだ。今さら、そんな名を出したところで何になる。同姓同名の塚本源次郎がいたんだろうよ。現に塚本源次郎が現れたから人質は返されたんだろう。瓦版では、そう書いてあったぜ」

「確かに、世間はそういう見方をしていますが、私はそう思っていません」

栄次郎ははっきり言い、

「源次郎さまを裏切った上役には子どもがいて、何年も前から御家復興を働きかけているそうではありませんか。その願いが叶うような噂があるとか」

「…………」

「私は、その上役の御家復興に力を貸している者たちへ、塚本源次郎の御家のことも忘れるなという問いかけが隠されていたのではないかと思っています」

「ばかな、御家復興といったって、源次郎さまにはお子はいないのだ。御家復興など意味がない」

「いえ。源次郎さまには姉上がおられます。姉上には男の子がふたりいるとか。ひとりに再興した塚本家を継がせる」

「…………」

弥三郎は厳しい顔で目を閉じた。

「あなたはそれを願っていたのではありませんか」

「そんなにうまくいくはずはない」

弥三郎は突き放すように言い、

「そんな賊の要求が通るはずはない。そんなことをしたって、なんの役にも立たないことは誰にでもわかるはず」

「確かに、そのとおりです。でも、なんらかの影響を与えることは……」

「御家復興が叶わないとわかっていてそんな要求をするなんて愚かなことだ」

弥三郎は冷笑を浮かべた。

「賊の狙いは商人ふうの三十半ばの男ふたりを殺すことだったのです。その狙いを隠すために、塚本源次郎の名を出したのです」

「狙いがふたりだという証でもあるのか」

弥三郎は口許を歪め、

「お侍さんはいろいろ喋っていますが、あっしにはさっぱりわからないことだらけだ。いつまで話していても仕方ない」

と、話を切り上げるように腰を浮かせた。

「この店の近くに瀬尾伊勢守さまのお屋敷がありますね」

栄次郎はふいをついてその名を出した。

弥三郎は口をわななかせた。

「瀬尾さまは関係ない」

「関係ないとは何に関係ないのですか。私はただ、この店の近くに瀬尾伊勢守さまのお屋敷がありますねと言っただけですが」

「なら、なぜ名を出したのだ?」

「瀬尾さまのお屋敷の前を通ったので、つい口に出てしまいました。というのも亀戸村の五百羅漢寺近くに瀬尾伊勢守さまの下屋敷があったのを思い出しましてね」

弥三郎の表情は強張っていた。

「いつまでも私の想像をお聞かせして申し訳ありませんでした」

栄次郎は腰を上げた。

自身番に行くと、芝田彦太郎と新八が待っていた。

栄次郎は弥三郎とのやりとりをすべて話した。

「瀬尾伊勢守さまの名を出したとき、弥三郎は目を剝いていました。瀬尾家の誰かからの依頼で、弥三郎は犯行に及んだのは間違いありません」

「弥三郎の見返りはなんだ?」

彦太郎が疑問を口にした。

「金か、それとも仕官か」

「そうですね」

漠然と金ではないかと考えていたが、他に何かあるのだろうか。金以外で、弥三郎が心を動かされるものというと、塚本家の再興だ。もしや、瀬尾家は塚本家再興に力を貸すと約束したのでは……。

しかし、これもまた想像に過ぎない。

「そうそう、矢内どのに崎田さまからの言伝てがある。小普請組頭の稲村咲之進だと」

彦太郎が言った。

「稲村咲之進ですって」

新八が口をはさんだ。

「新八さん、ひょっとして気になって調べているというのは？」

「稲村咲之進が手込めにした料理屋の女中が自害したという噂です。その女中に許嫁の男がいたと」

栄次郎は最後まで新八の声を聞いていなかった。

四

栄次郎は高砂町の冬二の長屋にやって来た。

声をかけて腰高障子を開けると、冬二が部屋の真ん中で目を閉じて座っていた。何か考え事をしているのか、かなり険しい表情だ。

「冬二さん」

土間に入り、栄次郎は呼びかけた。

冬二は静かに目を開けた。

「これは矢内さま」

冬二は会釈をした。

「どうかなさいましたか」

「いえ、仕事に疲れたので少し休んでいたのです」

休んでいるような顔付きではなかった。

「冬二さん、少しお話があるのですが」

「そうですか」

冬二は少し小首を傾げて、

「すぐ終わるような話でなければ明日にしていただけませんでしょうか。これから、出かけなくてはならないのです」

「わかりました。明日、また参ります」

「いえ、こちらからお伺いします。黒船町のお秋さんの家に」

「そうですか。わかりました。お待ちしています」

栄次郎は頭を下げて、引き上げようとしたら、

「矢内さま」

と、冬二が呼び止めた。

そして、小机のところに行き、袱紗をとって来た。

「矢内さまは好いた女子はいらっしゃいますか」

「いえ」

栄次郎は首を横に振る。

「そうですか。でも、そのうちに現れましょう」

織部平八郎の息女お容のことが一瞬脳裏を掠《かす》めたが、お容とはそういう仲にはならないだろう。

「矢内さま。お願いがあるのですが」

「ええ、なんでも仰ってください」

「これを受け取っていただけませんか」

袱紗を開いて、差し出した。

「これは……」

銀製の平打簪だ。亀形の輪郭に透かし彫りで花の文様が浮かんでいる。見事な簪だ。

「あっしの好いた女が亡くなったあと、その女のために彫ったんです。相手がいないのに変だと思われましょうが、これを彫っているときだけはいっしょにいられるんです。自分で言うのもなんですが、魂の籠もった最高の出来映えだと思っています」

冬二は真顔になって、

「これが完成し、ようやくあっしは女の死から解き放たれたような気持ちになったんです。ですから、これは私が持っていないほうがいい。矢内さまの好いた女子の髪を飾ることこそ、この簪にふさわしいと思います」

「しかし、このような見事なものを……」

「どうかお納めください。あっしの新しい門出ですので」

「わかりました、では、お預かりしておきます」

栄次郎は礼を言い、袱紗に包んだ簪を手にしたまま土間を出た。

木戸口まで行ったとき、栄次郎は袱紗に目をやった。なぜ、これほどのものを自分に寄越《よこ》したのか。

栄次郎は気になった。袱紗に包んだ簪を懐《ふところ》に仕舞って、少し先にある履物屋の角に身を隠した。

四半刻（三十分）ほどして、冬二が木戸から現れた。

冬二は浜町堀まで行き、堀沿いを大川のほうに向かった。栄次郎はあとをつける。陽が落ち、辺りは薄暗くなってきた。

冬二は新大橋を渡った。栄次郎も少し離れてついて行く。日が暮れて、橋を行くひとの足取りも忙《せわ》しない。

橋を渡り、冬二は小名木川のほうに曲がった。万年橋《まんねんばし》を渡り、仙台堀沿いに差しかかると、堀に沿って海辺橋のほうに進んだ。

海辺橋を渡り、寺が並ぶ一帯に出た。冬二の姿が消えた。栄次郎はそこまで走った。山門に入って行く冬二が見えた。

栄次郎も山門をくぐった。冬二は本堂の脇を過ぎた。栄次郎がそこまで行くと、冬二は墓地に入って行った。

辺りはだいぶ暗くなってきた。冬二の姿が墓石の合間に見え隠れしていた。栄次郎は慎重にあとつける。

冬二が立ち止まった。栄次郎は気配を消して近付く。

冬二は墓の前にしゃがみ、手を合わせた。自害したおいとの墓だろう。ずいぶん長く手を合わせている。

やっと手を離し、何事か呟《つぶや》いている。冬二の気持ちがわかって、栄次郎は胸が張り裂けそうになった。

冬二は墓の前で正座をした。それから懐から何かを出した。匕首《あいくち》だとわかった。刃先を自分の喉に向けたとき、

「冬二さん。やめなさい」

と、栄次郎は鋭い声を出した。

あっと、冬二は顔を向けて叫んだ。

栄次郎は駆け寄った。素早く、冬二から匕首を奪い、冬二の膝の前にあった鞘《さや》を拾って納めた。

「矢内さま、どうしてここに……」

冬二は茫然としてきく。

「あなたの様子に不審を持ちました。あの簪は私に別れを告げるためではないかと思い、あとをつけてしまいました」

「矢内さま。どうか、お見逃しを。早く、おいとのところに行きたいんです」

「おいとさんのことは、芝露月町の『彫政』の親方からお聞きしました。いたましいことです。あなたの気持ちをお察しします」

「あっしはもう生きてはいけないんです。あの世で、おいとと暮らすんです」

冬二が呻《うめ》くように言う。

「おいとさんを凌辱したのは稲村咲之進という旗本だったのですね」

「そうです。料理屋の女将は稲村咲之進をかばって名を教えてくれませんでしたが、朋輩の女中がこっそり話してくれました」

「稲村咲之進が先日、喉を掻き切られて死んでいました。冬二さんの仕業ですね。でも、あなたが直接手を下したわけではない」

「いえ、あっしが殺ったんです。おいとを凌辱したのに、しらを切り通してのうのうとしている。あっしは許せなかった。だから、何度も屋敷のそばまで行って、様子を窺《うかが》っていたんです。でも、なかなか実行に移せなかった」

「しかし、稲村咲之進が殺されたのはあなたが四ツ木村の荒れ寺に閉じ込められているときですよ」

「じつはその日の昼間、あっしは縄を解いて逃げ出せたのです。今の状況で稲村咲之進を殺ってもあっしは疑われない。そう計算して実行に踏み切ったんです」

「しかし、荒れ寺であなたを見つけたとき、後ろ手に縛られていたんです」

「自分で縛ったんです」

「自分では無理です」

「いえ、出来ました」

冬二は言い張った。

「稲村咲之進は自分の寝間で喉を掻き切られて死んでいたのです。自害に見せかけられて。あなたに、そのような芸当が出来るとは思えません」

「いえ、私がやったんです」

「冬二さん。ほんとのことを仰ってくださいませんか。稲村咲之進を殺ったのは賊の一味の弥三郎ではありませんか」

「…………」

「弥三郎は十年前に自害した塚本源次郎の屋敷の若党です。いまだに塚本源次郎に恩《おん》誼《ぎ》を感じている男です」

「違います。そんなひとは関係ありません」

「冬二さん。弥三郎を庇《かば》うのですか」

「いえ、ほんとうにあっしです」

「人質になったとき、弥三郎と会いましたね」

「さあ、名前は知りません」

「お願いです。ほんとうのことを」

「あっしが稲村咲之進を殺ったんです。おいとの仇《かたき》を討ったんです。矢内さま、どうぞ私を死なせてください」

「稲村咲之進さまは当初、自害だと思われたそうです。それに異議をはさんだのはご子息だそうです。父親は殺されたのだと」

「…………」

「父親がなぜ殺されねばならなかったのかを、ご子息は知りたいのです。あなたが死ねば永久にわからないことになるでしょう」

栄次郎はさらに続ける。

「冬二さん、死んではなりません。稲村咲之進殺しで自訴してください。あなたには真実を語る務めがあります。おいとさんだって、そう思うのではありませんか」

「………」

冬二は俯《うつむ》いた。

「おかみにもご慈悲はあります。これから、芝田彦太郎さまのところに行きましょう。冬二さん」

「へえ」

冬二は力なく頷《うなず》き、立ち上がった。

永代橋《えいたいばし》を渡り、小網町《こあみちょう》を過ぎ、日本橋川にかかる江戸橋を渡り、本材木町三丁目と四丁目の間にある大番屋にやって来た。

与力の芝田彦太郎を呼んでもらうように番人に頼み、栄次郎は莚の上に座った冬二に話しかけた。

「稲村咲之進さまをいつから狙っていたのですか」

「半年前です」

「なぜ、屋敷で襲ったのです？　料理屋に来たときに襲うことは考えなかったのですか」

「考えましたが、いつも警護の侍がいて近付くのは無理だと思いました」

「復讐するというのは稲村咲之進さまを殺すということですね。ひとを殺すことに恐怖はなかったのですか」

「ありました。だから、何度も諦めようとしました。でも、するとおいとの無念が蘇《よみがえ》ってきて」

　冬二は苦しそうに胸に手をやり、

「だから、塚本源次郎になりすましの話を持ち掛けられたとき、うまく立ち振る舞えば賊に斬られて殺されるかもしれないと思ったんです」

「だから、我らに手を貸してくれたのですね」

「そうです」

「なのに、なぜ、稲村咲之進さまを殺そうと気持ちが変わったのですか」

「賊があっしを殺そうとしなかったからです。ある意味、当てが外れたんです。それで、この際、思い切って仇を討とうと」

「弥三郎に復讐を頼んだのではないですか」

「違います」

　冬二はあくまでも自分が殺ったと言い張った。

　戸が開いて、芝田彦太郎が入って来た。

「芝田さま。お待ちしていました」

栄次郎は迎えて、

「冬二さんが小普請組頭の稲村咲之進さまを殺したことで自訴したいというので」

「よし」

彦太郎は冬二の前に立った。

「話を聞こう」

「はい。一年前、あっしの許嫁のおいとという娘が稲村咲之進に凌辱され、そのことを苦に入水しました。先日、おいとの仇を討ちました。お屋敷に忍び込んで稲村咲之進の喉を脇差で掻き切りました」

冬二は素直に喋る。

「どうなのだ?」

彦太郎が栄次郎に意見を求めた。

「稲村咲之進さまは屋敷の居間で自害に見せかけられて死んでいたそうです。冬二さんがそこまで出来るとは思えません」

「あっしが殺ったんです」

冬二は強い口調で訴えるように言う。

「まあいい。今夜はまた仮牢で休んでもらおう。一晩寝て、改めて話を聞く」

冬二は仮牢に連れて行かれた。

「弥三郎に違いありません。冬二に頼まれ、弥三郎が屋敷に忍んで殺したのです」

栄次郎は訴えた。

「明日、冬二から弥三郎のことを引き出してみる。矢内どの、ご苦労だった」

「さっき、冬二は自害しようとしていました。注意をするようにお願いいたします」

「わかった。それから、弥三郎はあのあと外出したが、すぐに帰って来た。どうやら、用心しているようだ」

「わかりました。では、明日また来ます」

栄次郎は大番屋を出たところで、懐から袱紗を取り出し開いた。美しい銀製平打簪を見つめ、栄次郎はやりきれない思いに襲われた。

五

翌朝、栄次郎は明神下の長屋に新八を訪ねた。

新八はちょうど起きたところだった。

「すみません、朝早く」

「いえ、どうぞ」

ふとんを畳んで枕屏風で隠してから、新八は上がり框までやって来た。

「じつは昨夜、冬二さんが自訴しました」

深川にあるおいとの墓の前で自害しようとしたことから稲村咲之進殺しを認めたことを話した。

「そうですかえ」

「でも、実際に手を下したのは冬二さんじゃありません」

「ええ。屋敷に忍んで、自害に見せかけて殺すなど、素人《しろうと》に出来ることではありませんし」

「ですが、冬二さんは自分が殺ったと言い張っています」

「そうですか」

「新八さん、弥三郎を見張っていただけますか。昨日は用心して出かけてもすぐに帰って来たようですが……」

「わかりやした。あっしの探索でもありますので」

「私はこれから大番屋に行き、昼過ぎに、新黒門町に行きます」

栄次郎は新八の長屋から筋違橋《すじかいばし》を渡って本材木町三丁目に向かった。

大番屋に彦太郎が来ていた。同心の姿もあり、冬二を取調べていた。

「いかがですか」

栄次郎はきいた。

「だめだ。自分が殺ったと言い張っている」

「私に話をさせていただけませんか」

栄次郎は彦太郎に頼んだ。

「いいだろう」

「では」

栄次郎は冬二の前にしゃがんだ。

「冬二さんは弥三郎のことをどこまでご存じですか」

「弥三郎なんて知りません」

「賊の頭目です。賊はなぜ、あなたを偽の塚本源次郎とわかっていて殺そうとしなかったのか。はじめから殺すつもりはなかったからです。弥三郎の狙いは商人ふうの三十半ばの男ふたりだったのです。このふたりを殺せば目的を果たしたことになります」

「矢内さま。私は賊にどんな目的があったかなど知りたくもありません」

「賊は目的を果たしたのです。にも拘《かか》わらず、弥三郎はあなたの依頼を受けて、稲村咲之進を殺した」

「賊があっしの頼みを聞いてくれるはずありません」

冬二は口許を歪めた。

「あなたは本物の塚本源次郎が現れたと私たちに言いましたね。賊はあなたの口を通してそのように思わせたのだと思いましたが、ほんとうはあなたはそのように言うことを約束したのではありませんか」

「違います。それに、そんなことで、ひと殺しを引き受けるなんて考えられません」

「そうだと思います。事実、瓦版には塚本源次郎が現れたから人質を解放したとありました。だから、あなたに頼む必要はなかったのです。あなたの頼みを引き受けたのは、狙う相手が小普請組頭だったからです」

「…………」

「弥三郎は稲村咲之進のような侍を憎んでいたんですよ。ことにあなたの許嫁を凌辱したことを聞いて怒りに燃えたのです。塚本源次郎の妻女と情を通じていた上役を思い出したのではないでしょうか」

「そうだからと言って、殺しを引き受けるということとは別じゃありませんか」

「あなたはあくまでも自分が殺ったということで押し通すつもりですか」

「矢内さま。仮に、矢内さまの仰るとおりだったとしても、私が殺るように頼んだのですから、一切の罪は私にあります。誰が実際に手を下したかは関係ありません。死罪になることこそ、あっしの本望です」

「そうですか」

栄次郎は冬二の覚悟を知った。

立ち上がってから、栄次郎は彦太郎に向かって顔を横に振った。

「仕方ない」

彦太郎も頷き、

「冬二ひとりの仕業ということで取調べを続けることにする」

と、腹を決めたように言った。

栄次郎は大番屋を出てから上野新黒門町に行った。

骨董屋に近付いたとき、奉行所の小者が待っていた。栄次郎に駆け寄って来て、

「半刻（一時間）ほど前に弥三郎が出かけ、新八さんといっしょにあとをつけました。

両国橋を渡って行ったのを見届け、あっしだけここに戻って来ました。新八さんはそのままあとをつけて行きました」

「わかりました。行ってみます」

栄次郎は踵《きびす》を返した。

御成《おなり》街道から筋違橋を渡り、柳原通りを急ぐ。弥三郎の行き先は、瀬尾伊勢守の下屋敷ではないかと考えた。

両国橋を渡って、回向院《えこういん》前を竪川のほうに行き、竪川に沿って大横川に突き当たるまで走った。

大横川から小名木川のほうに曲がり、今度は小名木川沿いを西に向かった。

両岸に武家屋敷が並んでいる一帯を通る。どこにも新八の姿は見えない。見当が違ったかと思いながら、念のために亀戸村の五百羅漢寺近くの百姓家に向かった。

そこに近付いて行くと、羅漢寺の塀沿いにある木立の中から、

「栄次郎さん」

と、声をかけられた。

新八だった。栄次郎はそこに行った。

「弥三郎はあの百姓家に入って行きました」

隠れ家にしていた百姓家だ。なぜ、ここにやって来たのかと不思議だった。奉行所はもう探索しないと踏んでのことか。

「ひとりだけですか」

「さっき四十歳ぐらいの侍が入って行きました。今は、ふたりだと思います。近付いてみましょうか」

新八が言ったとき、目の端にひと影が入った。

栄次郎はおやっと思った。三人の武士が百姓家に近付いて行く。

「瀬尾伊勢守の家来か」

下屋敷からやって来たのか。

三人は百姓家に入って行った。

「行ってみましょう」

栄次郎と新八は身を潜《ひそ》めながら百姓家に駆け寄った。裏にまわる。窓の内側から声が聞こえてきた。

「弥三郎。奉行所に目をつけられたな。だから、塚本源次郎の名などを出すなと言ったではないか」

男の声がする。

「へえ。まさか、十年前のことに目をつけられるとは思ってもいませんでした」

弥三郎が答える。

「それより、塚本家の再興の件、間違いないでしょうね」

「今さら、再興しても当人はいないのだ。意味はあるまい」

「今、なんと」

「奉行所に目をつけられた男にはもう用がないのだ」

「最初からそのつもりだったのか。騙しやがって」

「騙されるほうが悪い」

栄次郎は表にまわり、土間から部屋に駆け上がり、奥の部屋に向かった。

「何奴《なにやつ》だ」

ひとりの男が怒鳴った。四十歳ぐらいの羽織姿の侍だ。

部屋の中で、三人の侍が剣を弥三郎に向けていた。

「そなたたちこそ、何者だ?」

栄次郎は厳しい声できく。

「弥三郎さん、瀬尾伊勢守さまの家中の方ですか」

栄次郎は確かめた。

「弥三郎、よけいなことを言うと、塚本家の再興どころではない。わかっているな」

「汚ねえ」

弥三郎は叫ぶ。

「何を言うか。盗人のくせして」

四十歳ぐらいの羽織姿の侍だ。

「そなたたちは盗人の仲間か。構わぬ、斬り捨てろ」

そう言い、その侍はその場を退《ひ》いた。

三人の剣を持つ侍のうち、ふたりが栄次郎に向かって来た。

大柄な侍がいきなり斬りつけてきた。栄次郎は後退《あとずさ》って剣を避ける。

「おのれ」

大柄な侍が強引に突進して来た。相手の剣が振り下ろされた瞬間、栄次郎は居合腰から剣を抜き、相手の剣を弾いた。剣は宙を飛び、柱に突き刺さった。

もうひとりが裂帛《れっぱく》の気合で、斬りつけて来た。栄次郎は身をかわしながら相手の二の腕を斬りつけた。

悲鳴を上げて、侍は剣を落とした。

弥三郎はもうひとりの侍に壁に追い込まれていた。

「待て」

栄次郎は援護に入った。

「退け」

激しい声がし、相手は剣を振りかざしながら栄次郎の脇をすり抜けた。他のふたりもすでに逃げていた。

「弥三郎さん、だいじょうぶですか」

「へえ、おかげで助かりました」

「瀬尾伊勢守さまの家中ですね」

「…………」

「弥三郎さん、どうなんですか」

「違います」

「違う？　では誰なんですか」

「わかりません」

「さっきの四十年配の侍の脅しですね。塚本家の再興どころではないとはどういうことですか」

「なんでもありません」

「弥三郎さん、あなたは命を狙われたのですよ」

「…………」

「何を恐れているのですか」

「なにも」

「『船幸』の人質事件。あなたの仕業ですね」

「へい」

「狙いは商人ふうの三十半ばの男ふたりだったのですね」

「違います。塚本家の再興のために、塚本源次郎のことを思い出させるためにやったこと。あのふたりはそのために犠牲になってもらったんです」

「真実を言うのが怖いのですね」

「…………」

弥三郎は押し黙った。

栄次郎はため息をつき、

「小普請組頭の稲村咲之進さまを殺したのはあなたですね。冬二さんに頼まれて」

「あの男は関係ない。ただ、あの男から許嫁の悲惨な話を聞いて、十年前を思い出したんです。それで、稲村咲之進を許せなかったんですよ。あっしが勝手にやったんですよ」

「冬二さんは関係ないと言うんですか」

「そうです」

「冬二さんは自分が殺ったと言っています」

「自分が許嫁の仇を討ったことにしたいからそう言っているんでしょう。屋敷に忍んで、自害に見せかけて殺すなど、あっしのような男じゃなければ出来ませんよ」

弥三郎は不敵な顔で言ってから、

「人質事件と稲村咲之進殺しはあっしがやったんです」

と、顔を向けて言った。

新八がやって来た。

「さっきの侍、瀬尾伊勢守さまの下屋敷に入って行きました」

「やはり、そうですか」

栄次郎は弥三郎の顔を見た。

弥三郎は口を真一文字に結んでいた。

十日後、浅草黒船町のお秋の家で三味線の稽古をしていると、芝田彦太郎がやって来て、二階の部屋で差向いになった。

「そなたのおかげで無事、事件を解決出来た。このとおりだ」

彦太郎は頭を下げた。

「でも、人質事件の黒幕は……」

「それは言うな」

彦太郎は制し、

「これでよかったんだ。奉行所では手の出せない領分だ」

「しかし、弥三郎は仲間の名も白状していません。稲村咲之進殺しの件も含め、自分ひとりで罪を背負って……」

栄次郎は顔をしかめ、

「これでは真実を明らかにしたとはいえません」

「崎田さまもいい終わり方が出来たと満足なさっていた」

「…………」

「それに、冬二もお解き放ちになった。これで前向きに生きていけるはずだ。なにも問題はない」

「そうでしょうか。弥三郎がすべて背負ってくれたからです。そのことをどう考えているのか」

「矢内どの、いいではないか。事件解決を素直に喜ぼう」

彦太郎は呑気に言った。

だが、栄次郎は首を横に振った。まだ終わったわけではない。きっと真相に迫ってみせると闘志を燃やしていた。

時代小説

二見時代小説文庫

幻《まぼろし》の男《おとこ》 栄次郎江戸暦《えいじろうえどごよみ》26

二〇二一年 十 月二十五日 初版発行

著者 小杉健治《こすぎけんじ》

発行所 株式会社 二見書房
〒一〇一-八四〇五
東京都千代田区神田三崎町二-一八-一一
電話 〇三-三五一五-二三一一［営業］
〇三-三五一五-二三一三［編集］
振替 〇〇一七〇-四-二六三九

印刷 株式会社 堀内印刷所
製本 株式会社 村上製本所

ISBN978-4-576-21152-7
https://www.futami.co.jp/

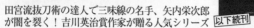

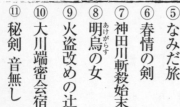